ぼくの文章読本

荒川洋治

河出書房新社

はじめに

ここから始まる、この『ぼくの文章読本』は、文章を書くことについて書いた、ぼくの文章を収めたものだ。全部で、五五編。このなかの一二編は、主に最近発表したもので、この本が初収録となる。

他の四三編には、いままでは読まれる機会のないものも多く含まれているので、ぼくの印象としては、まっさらな一冊という感じ。年代的に昔のものには、自分が書いたとは思えないものもある。最低限の役割を果たしているだろうか。それなりの内容は、あるのか、などと心配に思うけれど、多くの人が過去のできごとを振り返る際の現象と同じものだろう。

書くことを長年つづけてきたが、いまも、どう書いたらいいのか、不安な気分は常につきまとう。文章というものは、それを求めていく限り、果てしないものなのだと思う。

もともと、文章を書くことは、苦手。ことばがさらさらと出ない。「この作品は」と書くと、それでいいと思うのに、「この」と「作品」と「は」のところをじっと見つめる。多分、詩を書いているせいもあるのだろうが、一語一語を見てしまい、止まる。ひっきりなしに、止まる。

はかどらないのだ。できれば、文章を書かなくてもいい国や地域に引っ越して、のんびりしたいという気持ち。でも、書きつづけていくと、これまでの自分にはふれたことのない領域を通過する、そんな一瞬があるものだ。そのわずかな楽しみを感じとってきた。

世に『文章読本』といわれるものは数多い。文豪、あるいは大家が、みずからの文章体験をもとに、書くときの心得、ことばの作法などを、名文を鑑賞したり、解き明かしたりしながら教示する。ところがこの本には、ただ、ぼくの淡白な文章が並んでいるので、本来の意味の『文章読本』を期待する人には恵みのないものだと思う。

ただひとつ、小さな、よい点があるとしたら、読む人に威圧感をまったく与えないという点だろうか。あらあ、こういうことについて、こう書くのね、そういうことがらについては、やはりそう見るのね、とか。ああいうことについては、何もしないのね、とか。別にこの本でなくても感じるようなことを、感じる。そういう印象を与える、さらっとした本である、ということかと思う。何も考えなくていい。学ぶ必要もない。だとしたら、読む人にとって、こんなに楽な『文章読本』は、ないと思う。

文章について書いた本のなかに、ただぼくという個人の文章がある。晴れて、それだけである。それも、文章の一つの世界なのだと思う。

荒川洋治

ぼくの文章読本　もくじ

第2章　詩のことば

第3章　文学をよむ、書く

第4章

ぼくの文章読本

装丁　寄藤文平＋垣内 晴（文平銀座）

第1章　暮らしのなかで書く

人が、身の回りを感じて生きていくように、文章もまた、間近の風景と結びついて生まれ出る。生活は、文章の宝庫ということになるが、どこに輝くものがあるのか。それを見つけていく姿勢をとる。その姿勢を土台にする。それがまず必要なことなのかとぼくは思う。いま見たものが、面白い。何か、誘われるような空気がある。そんなとき、文章は始まる。いつも見ていたのに、どうしていまのように感じなかったのか。そこに、時のなかを歩くことの意味が見えてくるのだ。このようなことも少し感じとっていく。そんな気持ちで、あたりを、こころゆくまで眺める。

春とカバン

春は入学、就職、新学期。新たなスタートをきる、季節だ。期待と希望にみちる。ぼくも何か春にふさわしいことをしてみようと思った。ぼくはぼくのカバンに、新たな愛情を注ぐことにした。

それは七年ほど前にどこかの店で買った、小さめのカバンだ。茶色、布製。旅行バッグの半分くらいのもので、本でいうと縮刷版という感じか。これがとても便利。大きな旅行バッグをもつときも、この小型のカバンをさげていく。からだとくっついている。そんな感じ。

長い間つかったので、このカバンも、くたびれてきた。あちこちの布がゆるんだ。しわもできた。雨水で表面に模様が生じた。失敗した抽象画みたいなもので、見た目にわるい。チャックもときどき、かみあわない。「もう、これはだめだ。これまでだ」というようすである。

これと同じものがあれば買いたい。さがしたが、ない。

商品名も会社名もわからない。ユー・ピーというアルファベットがひもに記されているが、文字がすりきれて読みとれない。もしわかっても昔のものだから、在庫がないかもしれない。似たような大きさ、かたちのものもない。他のカバンはこのカバンとはちがうのである。あきらめて、普通のかたちのものを買った。でもしっくりしない。ぼくは決意した。この、くたびれたカバンを、洗ってみよう。生き返らせてみようと。

これまで何度か洗ったことはあるが、まだ新しかったので、適当に洗っていた。今回はそうはいかない。春の夜、それも真夜中に、洗剤をつかって、念入りに手もみ洗いをし、干した。すぐつかうのだからね、とカバンにささやく。「早く、かわいてね」

次の日の夕方、なかに手を入れてみると、まだ完全にかわいてはいないようす。雨が少し降ったので、しかたない。二日目の夕方まで待って、とりこんだ。だいたいかわいていた。汚れも、模様も消えて、みちがえるほどきれいになっていた。

手もみ洗いが効いたな、と思った。うれしい。ぼくのカバンが戻ったのだ。春が来たのだ。代わりにつかっていたカバンのなかみを、こちらに詰めかえる。よろこびのひとときである。

ぼくのカバンは、重くはない。大きくもない。でも、にぎやか。こまごましたものを入れているからだ。まずは文房具がひととおりある。鉛筆、消しゴム、のり、ハサミ、カッター、セロハンテープ、修正液、ホッチキスとその針。これらはいずれも、とても小型のもの。他に各種付箋、クリップ、画鋲、輪ゴム、切手、各種封筒、小包用のひも、紙の定規（ある文庫のしおり）など。

　以上すべて、小さなケースのなかに入れている。出番が来ると、カバンからとりだす。大学で、出先で。歩いているときも。「ハサミ、ないかな」といわれたら「あります」。「のりは、誰か……もってないよなあ」「あります」。「まず、ないだろうな」という場面でこそ、小さなものたちは活躍する。ぱたぱたと、小鳥のようにはばたく。

　カバンのなかには各社文庫の目録、最近出た全集の内容見本などもある。話がなくなったときなど、便利。同じものが二つ三つあることもある。それだと、みんなで見られるから。いたれりつくせり。これらが小さなカバンのなかにおさまる。「不思議なカバン」「便利なカバン」と、友人たちはみる。あまり頼られてもこまる。あるはずのものがなくて、途方に暮れることもあるのだから。

　でも小さなものは、出番は少なくても、必要になるときが来るものである。ちょっとしたことであっても、そのときだけのことであっても、まわりの人のためになるのはうれしい。ぼくは自分のことしか見えない人間だ。ずっとそうだ。ひごろ人のために役立つことをしていない。ぼくはいつか、このカバンのようになりたい。そんなふうに思っているのかもしれない。

　いまは、カバンのなかにあまり、ものを入れない人が多い。

余計なものは入れない。たしかにそのほうが身軽だが、カバンのなかみは、その人がどんなことをしているのかという活動のしるし。期待と希望のしるしでもある。自分の世界だけではない。自分と他人がつながる世界がそこにはあるように思う。

さてぼくは、カバンを洗ったのだ。カバンはきれいになったのだ。この春、新たな出発だ。これからも、このカバンと仲よしでいたい。いっしょに生きていきたい。汚れたら、また洗って、干すことにしよう。「二日もあれば、かわくからね」

まね

人間には、二通りしかない。まねをする人と、まねをしない人。まねをする人は、まねをじょうずにする人であるとは限らない。できる、できないではない。

する人

しない人

の、二つなのである。まねを「する人」というのは、こういう人だ。たとえば、「犬がさ、腹を見せてさあ」と話すときに、腹を見せて、よろこぶ犬のようすを、自分で楽しみながら実演する人のことである。鳥でも、虫でもいい。また、人のまねでもいい。ひとつのようすを、顔や手、ときには体全体をつかって、再現する人である。

「しない人」は、こんなもののまねは絶対しない。「する人」ができる、ちょっとしたことができない。このちがいはなんだろう。「しない人」は、おそらく、こういう人だと思う。

人前でそんなことをしたら笑われるから、しない。プライドがあって、自分がそのときだけでも、自分以外のものになり変わること、化けることが恥ずかしいので、しない。小さいときから、そういう「ふざけた」行為をすることを警戒していたので、しない。あるいは、子どものときは「する人」だったが、社会的な地位があがるうちに、「身体表現」とは無縁になり、そのうちに、あんなことは、はしたないと思うようになったので、しない。

でも「しない人」のほとんどは、小さいときから「しない人」であると思う。「しない人」は、その意味では早くから「おとな」なのだ。

でも、ひとりのときに「おとな」であるのは、いいことだが、みんなでいるときに、あまりに「おとな」である人は、「おとな」とはいえないと思う。もちろん、「する人」ばかりいても困るけれど、「する人」は「しない人」より心が自由であることはたしかだ。いつまでも自分をにぎりしめていない人だから。

まわりを見渡すと、「しない人」が最近は多いように思う。自己愛が進んでいる証拠であろう。「ひとつ」しか自分の姿をもっていないためだろう。話していることのなかみや考えはとてもやわらかいのに「しない人」がいる。ほんとうは心がそれほどやわらかくはないのだと思う。これからも「しない人」はずっとしないだろう。

人が体をつかって、たとえちょっとしたことでも何かを表現するとき、その場の空気は明るくなる。光がひろがる。それによって世界が、具体的に見え出す。

自分の体は、自分だけのものではない。もっとひろい場所に置かれたものである。使いようによっては、みんなのものにもなるものなのである。それは自分にとっても、まわりの人にとっても、いいことであり、楽しいことなのである。でも「しない人」はしない。

畑のことば

おとなの人って、よくものを知っているなあというのが、第一印象である。この世界に対する、ぼくの第一印象である。たとえば二人か三人で、おとなの人が話す。とりわけ歴史の話や経済の話になると、おとなは強い。

「あれはあれだから、あれだよ」

みたいなことをふらりとおりまぜる。ものをよく知っている。新聞やテレビが伝えていることとは別にその人の知識があり、それが流れ出る。それがまた「なるほど」と思うようなことなのだ。またそれを、そこで聞いていて、ずっとそのまま聞いていくのかなと思われるような、もうひとりのおとなが、ふと顔をあげ、

「でも、あれは、こういうことだね」

などと応じるに及んでは、ぼくはもう、すばらしい人たちだと思って、動けなくなってしまうのである。おとなはみな博識なのだ。でもそこにはことばがある。ことばが人間の中心にある。主役になって働く。そのことに変わりはない。

さらにおとなになる、つまり、年をとると、どうなるか。ことばとは別のものになる。たしかにことばの数は少なくなるが、少ないからといって、何も話していないかというと、そうではない。声をかけられて、たとえば田畑のなかから、ふと立ち上がるとき、顔が見えなくても、そこにはいわくいいがたい表情があるものである。また何もしていないときでも、そこから、その人から、静かな声のようなものが届けられるような、そんな感じになる。

誰もがそうだ。年を重ねると、ことばだけではなくなるのである。きっとことばよりもやわらかなもの、ゆたかなものが、新しく加えられるのだ。それは人生が、その仕上げに向けて創りだす光景のひとつである。

祖母は、らっきょうをつくっていた。朝から夕方まで、腰をかがめて、らっきょうの畑にいる。目だけを残し、頭、顔全体をおおう白い布の「覆面」をしている。日差しを避けるためだ。

子供のぼくが何か言うと、こちらを向いた。

おかのうえの波

〈私の文体〉について書くようにとのこと。ひよっこのぼくにも文章を書くときの心がけのようなものはある。

①知識を書かないこと。
②情報を書かないこと。
③何も書かないこと。

ぼくは文章を書きながらこれらの条件を肝に銘じ「いい文章になりますように」と心からお祈りする。

①の「知識」だが、私はこれだけのことを知っているという高座からの文章を世間でよく見かける。読者の評判もいい。知識に頼りそれを振り回していると、知識という「過去」の重みで、文章を書くその人のいまの考えや姿が見えなくなる。ぼくは知識の足りない人間だからそ

の心配はないが、ときどき自分を忘れて知ったかぶりをする。そうならないよう、自分の文章が自分の場をはなれないように、お祈りする。

②の「情報」を持つ文章もいまは花形である。情報は「港」から入る。トレンドの時代だから「港」の人が注目を集める。外国からの荷おろしの現場にいて、そこで書く。つかむものが新鮮だから情報だけの文章、荷物の段ボールの文字を並べた書きつけでもきらめいてみえるが、情報の文字だけあって、その人が文章のなかにいないことが多い。ぼくは「陸（おか）」の上にいるようにする。「港」のものが陸揚げされて、つまり時間が追加されたところでそのものを受け取り、多少おくれぎみに書く。「陸」でお待ちする。きれいな女の子が「港」にいても「港」へかけださないよう、お祈りする。

③。文章は読者を威圧することがあってはならない。だがこれはむずかしい。文章を書くよりむずかしいことかもしれない。それには何も書かないのが一番だとすら思う。書かなければ威圧にも荷物にもならない。

以上の心がけが生まれるのはぼくが詩を書いていることに関わりがあるかもしれない。詩は知識とも情報とも無縁。「持てる」ものを排除して見えてくるものをこそ求めようとする。そうではない場所からやってくる文章に対してはおのずと、はながきくようになるのだ。

残るのはリズムの問題。詩は意味では散文の仕事を越えられない。リズムだと、そうでもなくなる。だからリズムや音感はとてもだいじになる。詩の文字の上にあらわれるリズムを外在律、内側にあって表面には見えないが全体を動かしていくリズムを内在律というが、現代の詩はほとんど内在律で稼働している。だから詩を書く人はことばの内側にとらわれやすい。リズムが文章の外面ではなく、内面にあることをいつも強く意識させられる。文章の読み・書きでも、ふつうとはちがったところを見ている。耳をかたむける場所もちがう。

文章には起承転結という漢詩以来のルールがある。

冬の道を歩いた　　　　　　　（起）
道には雪がつもっている　　　（承）
ああ春の日は遠いぞはるかだぞ　（転）
春までの道を歩く　　　　　　（結）

簡単にいえばこのようなものである。どんな文章にもこのルールは求められる。起承転結の世界からまぬかれることはない。リズムもまたこのなかで考えられることになる。つまり文章のなかにリズムがある。

ぼくもこのことを念頭に書く。起は書きおこし、承はそのつづきだからしっかり前をうけつぐ。ここまでは頭をふらつかせないようにする。そして転では、おもいきり原稿用紙から顔をあげ、窓の外を見る。しっかり実際に、頭をあげる。そうすると転らしい転がやってくる。転は大胆に。これまでのところをすっかり忘れるくらい跳ぶ。はずみが過ぎる、収拾が不安になるほどの転がいい。ここで遊ばなければどこで遊ぶのか。あとあと考えずに跳ぶ。リズムは起承とは別物、新しいものにする。

　結では多少あたふたしながら内容のとりまとめにかかる。結のリズムは起承でなく、転のリズムにあわせる。もし起承にひっぱられると「まとめたな」という、文章の事蹟だけが残ってしまう。リズムは転と結がつながっていること。そして結では、ことばの数を少なくし、センテンスをみじかく、はぎれよく。新たな情報を持ち出したりしないこと。また意味ではなくリズムによって読み手を納得させるようにつとめれば、ここちよい結びがやってくる。そうなるよう、ぼくはお祈りする。

　文章から立ち去る読者が何年かあとに舞い戻るとしたらそれは、文章のなかみとの再会を期するためではない。リズムにまみえるためだろう。この点からも文章には何も書かれていないことが望ましい。

　ようやく結に入ろうとする段になって、ぼくのこの文章はルールを無視、いま、転びそうになっている。それは次のことを語りたいためである。

ひとつの文章にとりかかるとき、ぼくはこれまたひとつの精神状態をもっている。その状態には、すでにして起承転結に近い世界があり、いまからとりかかる文章の話題や主題とは別に、ある心理の波をうかべている。その波の性格は起であったり、承であり、転であったり、結である。そして詩であれ散文であれものを書きはじめるとき、ぼくの場合は、その心理の波は結の表情をしていることが多い。つまり、終わっているのである。そこからおもむろに、文章の門口に立つ。ことばをつづる世界に入っていくのだ。

それで文章の起にあたるところ、起のリズムであるはずのところが、結になってしまったりする。心理の余韻、余映をうけつぐ形で文章の起が、おとずれる。たとえばこんなふうだ。

(1) あれはあれだ　（文章以前の起）
(2) これはこれだ　（文章以前の承）
(3) ところでそれは　（文章以前の転）
(4) ああだったか　（文章以前の結）　物事が済んだ感じ
(5) ああだったか　（文章の起）　(4)の空気そのもの
(6) そう、ああだったか　（文章の承）
(7) ああ、そうだった　（文章の転）

⑻ なんだったか　（文章の結）

文章として見えるところには、文章がない。起承転結が十分に揃っていないという状態だ。リズムが結からはじまるなら、そこでは物事をあらたに開くというより閉じるという感じになる。しかしそうしてこそ文章の走りが、ぼくなりの走りが生まれてくる。ときどき、こうなる。いつもではない。またこれはぼくにだけみられる光景でもないだろうがやや変則的な運びだといってよいかもしれない。

リズムはここでは文章の前方、つまり外側にある。外側で、存在する。ぼくの文章は文章で何かをはじめたくないという思いをぶらさげて進んでいる。しかし何も書かない、というわけにはいかない。何かを書く。そこにおおきな矛盾がある。何も書かないことがこの場合はふさわしいのだが、つい仕事として書くはめになる。それはぼくの文章の、こころざしに反して弱いところだろうが、リズムが文章のなかだけにあるという考えは、ひとつの例を持ち出すまでもなく、詩や文章を考えるうえで、頭に置くべきことのひとつかもしれない。書き手はこうした変則の息づかいを、それぞれ個性的にもちあわせている。詩の内在律も文章のなかにだけあるのではない。外側との関わりで呼吸することを見落としてはならない。

文章には、文章になる前の状態があり、そこからリズムをもらいうけて文章がはじまる。そ

のかくれた発祥の地点は作者の個性に関わるものだけに、もう少し話題のなかにとりいれてい
いかもしれない。目に見える文章やことばは分析の対象にされやすい。それはだが文章という
できごとの一部にすぎない。

他の人のことなのに

文学書のなかの評論や解説を読んでいると、その作品や、作者の魅力を思いきりよく表現している文章に出会う。今日は「ほめる・たたえる」ことばを見つめてみたい。

人や作品を評価するときには、さまざまな手法がある。ストレートでもクリアでもない茫漠とした表現をつかった文章もいい。でも読者は、あいまいなものより、明快なものを好む。そのほうが、読んでいて気持ちがいい。

まずは世界文学史を彩る大作、トルストイの「戦争と平和」に向けられた、シュテファン・ツヴァイクのことば。

「まったく人為のものとは感じられぬトルストイの散文は、いってみれば永遠から生まれ、自然そのものであるかのように起源もなく年齢もなく、我々の時代の真只中に出現し、しかもあらゆる時代の彼岸にある。」（紀田順一郎『世界の書物』より引用）

ああ、かっこいい！　とぼくは思う。明快であり、壮大であり、思考の運びそのものが心地よい。ぼくがほめられているわけでもないのに、ぼくまでほめられたような、気持ちになる。

他の人に向けられたのに、ひょっとしたら、自分に向けられているのではないかと思うものである。そしてトルストイというすばらしい人がいること、いたことを、心からよろこびたい。そんな気持ちになる。特に最後のところなど美しい。劇的である。「戦争と平和」に、飛びつきたくなる。

広津和郎の「徳田秋声論」（一九四四／筑摩書房『現代日本文學大系15』一九七〇）の結び。

〈……その時彼は一方「この頃になってやっと自然主義の壮厳さに触れかけて来た気がする」と云っているが、この「縮図」を読むと、彼が云ったその自然主義の壮厳という言葉が迫って来る。

否定の文学と云われた自然主義を、秋声は半世紀近くの間引きずり引きずり、その不断の努力によって、とうとうこの大きな肯定の文学にまで引上げて来たのである。〉

この文章の伝えるところをすっかり理解するわけにはいかない。なにせ、文章の一部なのだから。でもこの美しい、力のこもった文章は、ぼくらの知らないところにあるものまでが、それこそ壮厳な風に乗って、こちらに届くような気がするのである。

川端康成が、室生犀星を語る。

「室生犀星氏は文学——言語表現の妖魔であつた。現代日本語による美の極限の一つを、創造したと思はれる。室生氏の作品のあるものは、幻怪な抽象に至りながら、切実な感動で人に迫

る。ふしぎな天才の魅惑である。」（新潮社『室生犀星全集』内容見本・一九六四）

室生犀星の小説は「あにいもうと」も「かげろふの日記遺文」も「蜜のあはれ」も不思議な気韻をたたえるが、年来の読者の「感動」も深い理解者のことばを通して鮮明になる。動かぬものになる。

中島健蔵が、国木田独歩と石川啄木を語る。

「独歩や啄木の文学が、わがことのように心にしみとおるのは、人々の目にうつる姿以上に生々しい素顔の声が、作品を通じて読者にひびき、読者の素顔に訴え、世俗的な顔よりも真実な顔があり、その方がほんものだという裏返しの自覚を誘うということだと思う。」（筑摩書房『現代文学大系６』一九六七）

わかりやすい文章だが、とてもたいせつなことを述べている。

こうしたことばは対象となる人物や作品への深い理解から生まれる。全体に少しだけ調子が高い。うっすらとした「熱さ」がどの文章にも感じられる。思いきりのよさと、繊細さが、波打つ。対象への愛情と理解を心をこめて表現しようとするからだろう。

いいほめことばを読むと、うれしくなる。いいもの、すばらしいものがこの世にある、たしかにあるのだと思う。そしてそれが生きるための力になることがわかるのだ。これからもほめことばをたいせつにしよう。自分へのものも、他人へのものも心にとどめよう。

メール

電子メールをはじめた。

二年前、ワープロが壊れた。新しいワープロを買った。メールもできるワープロである。でもメールは自分の柄ではないと思い、手をつけなかった。今年になって挑戦した。でも説明書を読むだけでダウン。あきらめた。「カンタン！　よくわかる！　スタートガイド」を読む。ますますわからない。どこが簡単か。それでもプロバイダーなるものにたどりつき、念願のメール番号がもらえた。とてももうれしかった。それで止まった。ぼくに、メールなんてできっこないのだ。でも人生をこのまま終わりたくはない。ある週刊誌のH記者に相談した。いろいろと教えてくれた。すると、あとからN記者が「これまで通り、荒川さんはFAXでいいと思いますよお」。それはそうだ、ぼくにメールなんてにあわない。意欲はしぼむ。メールは再び遠いものになった。

ある深夜、静かなひととき、突然、やる気になった。不思議なもので自分のなかの騒ぎが終わったころ、そういう気分になるものである。

設定で、格闘した。サーバー、メールアカウント、ドメイン、オンラインサインアップ……。さっぱり意味がわからない。ちがう星のコトバかと思われた。途中で何度も死にそうになったが、四時間後、夜も白むころ、接続ができた。このメール開通までの闘いをラジオで話したら、反響があった。あちこちから「祝電」のようなＦＡＸが届いた。ぼくは世界の仲間入りを果たしたのだ。それから原稿はメールで送るようになった。

最初にもらったメールが、画面に浮かんだときの印象をぼくは生涯忘れないだろう。メールを、おそるおそる開けた。するとどこから湧いたのか。すうーっと先方の文字があらわれる。静かである。声がない。音もない。時もない。

文章というものが生まれた瞬間に立ち会うような気分だった。古代の空気を感じた。ことばはこのようにして、この世にあらわれたのだと思った。この世から消えるのだとも思った。

夢のふくらみ

一九九三年の正月号に発表された、宇野千代さんの小説「不思議な事があるものだ」を読んでから半年はたつのだけれど、印象は鮮明である。子供のときの家族との生活を描いた、みじかい作品だが、宇野さんの魅力がとてもよく出ている。もともと宇野さんの作品には、宇野さんという人のようすがとてもよく出ているものなのだけれど、それでもまたまた出ているのである。

縫い取りのじょうずな母が「半衿《はんえり》」をつくり、父親がそれを店に売りにいくという生活のなかで、まだ子供である自分が、自分にも何かできることはないかと考える。そこでためしにと「半衿」のデザインを考案してみた。するとこれが全国でひっぱりだこになる、よかったよかったという話なのである。いい家族だなと思った。この作品についてぼくはそのとき「すべての話が愛情のなかにあるので、読んでいるこちらもとてもきもちよい」と書いたのだった。その小説のなかに、こんなくだりがある。

「私は自分の仕事が半衿だけを作るものとは思わなくなった。道を歩いていて、眼につくものがあると、それが何であっても、自分に作れるものだ、と思うようになった。」

ぼくはこういう文章を読むと、心がはればれしてくるのである。ひとつのことができて、よかったよかったまでは人の世の中に多いのだけれど、ひとつのことができたら、ほかのものも全部、自分にできるように思う、という思い方は、すこし特別である。でも実は、人間はそういうふうにものごとを考えていくべきかもしれないし、気の早い人は、ひとつのことができると、なんでもできるとすでに思っているかもしれない。

でも宇野さんがこの小説のなかでいっていることは「何であっても、自分に作れるものだ、と思うようになった」ということなのであり、自分でそれが全部残らずできてしまったといっているのではない。前向きの姿勢を、自分が選んだということなのである。そしてかんじんなことは、この小説のなかの少女がそうであるように、ともかく思い立ったらしてしまうということであるらしい。

さて、この『行動することが生きることである』という本には、冒頭から、考える以前に、体を動かすことが説かれている。「行動が思考を引き出す」とも書かれている。ほんとうはみんな、そうしたい、そうありたいと思っているのだ。だけれど、なかなかそうはいかない。そうできるのは特別なひとだと思い、自分についてはあきらめているのである。

宇野さんの本が、特にその人生観を明確に出した本がぼくらの前に現われるまでは、そんなあきらめの歴史の上を人々は歩いていたのだと思う。でも宇野さんが現われて、そうではない、「生きる」というのはそれだけでこんなに感動的なものなのだと、さっそうとしていわれてしまったところから、ぼくらの人生もずいぶん軽やかなものになったと思う。といってみんながみんな、スキップして歩いているわけのものではないけれど、「生きる」ということに対するイメージがひろがったように思う。ただ読者のなかには、宇野さんの本に感動しながらも、こんなふうにまだためらう人もいるかもしれない。宇野さんは、自分ですること、自分がしたことの、たとえばこれにこれを入れるとおいしいよ、という話まで含めて、たしかに楽しいし、それこそ「生き方上手」なのだけれど、それが誰にでもそうなるとは思えないと。たとえばぼくなどがこれにこれを入れてとかしてみても、それが失敗してひどい味だったときでも、これでよかった、これから何でもつくることができるなんて思えず、すっかりしょげかえってしまう。多くの場合そうである。自分がしてみたことの結果を、つい客観的な基準にてらして、たいしたことはないと思ってしまうのである。トマトだったか、宇野さんはこれはうまいと思って食べるとほんとうにうまかったと書いている。自分が願ったり、思い込んだりしたことは、「その通りになってあらわれる」とも書いている。たしかにそういうところはあるけれど、でもねと思うのがむしろ読者としての自然な感想かもしれない。

でもさきにも述べたように、宇野さんの話題のなかでは、「生きる」ということのはばひろい水脈がたどられていて、そこからいろんなことが話し出されるというしくみなのである。つまり生命というものが基調なのだ。人生となると、いろいろとぼくらには区別が出てくるけれど生命には区別はない。もっとおおらかな可能性を持ち、そこからの力でぼくらをつないでくれるのだ。宇野さんの文章はいつも生命のもとにあり、そこから流れ出している。

だから宇野さんが自分はこうだったから、というそこからの結論は、ほかの人のもくろみと衝突したり、各々の人生の現実とすこしばかり行き違ったりするかもしれないけれど、生命というもうひとつ大きな世界からのものなので、ぼくらは安心して、宇野さんのことばや生き方に向き合える。宇野さんは、こうも語る。

「世間の人は生活するのに、のぼせたりしているのではなく、何事にも冷静に考えた上で、始めてゆっくりと生活するのが好い、と考えているのであろうか。しかし私の思っているのは、それとはほんの少し違うのである。いや、ほんの少しではなく、とても違うのである。人生は凡てのことに、のぼせなければならない、と思っているのである。」

「のぼせる」と、ぼくなどはすぐに「のぼせあがる」になってしまうけれど、そうした失態を含めても、「のぼせる」ことは楽しいことである。ちいさい頃、風呂に長い間つかっていると、親が、遠くの方から「のぼせるぞ」なんていう。ぼくは、風呂のなかでのぼせるためにいつまでも入っているわけではないのだが、風呂のなかでのぼせるのだって、実はとてもいい気持ちのものである。のぼせるのがいやで、そのことだけを冷静に考えて風呂につかっているとしたら、それもまたおかしな話なのである。遠くから注意する親のほうだって、少し前までは風呂でのぼせていたかもしれない。

おとなになってからは世間の目や常識やで、のぼせることがずいぶんむずかしくなる。恋愛についても自分しか見えない、いまもそういうふうに生きているという意味のことを宇野さんは語るが、風呂も恋愛も同じで、遠くのほうから「のぼせるなよ」といっている人の生命のほうが、物足りなくて、さびしげにも見えるものなのである。

宇野さんはまた、たんにのぼせているわけではない。意識すること、自分の生きていることの尊さを、はっきり意識することだと書いたあと、次のようにつづける。

「自分の朝夕の生活と言うものが、この意識によって、どんなに変わるものか。ずっと以前のことであるが、私は衣冠束帯と言うことを考えた。そうだ。（中略）私はいま何を考えているか。何を食べているか、何をしているか、あの腰の紐をきゅっと締めて、背後の布をうんと膨らませて生活している、衣冠束帯である。意識また意識である。」

いい文章だ。ふくらむ。きゅっとしまる。宇野さんの文章そのものが衣冠束帯のようである。

青年の解説

さほど目立たないけれど、この三五年の間、若い人たちのために役立っている。そんな本の話をしたい。

センチュリー・ブックス《人と作品》（清水書院）という文学ガイドのシリーズだ。明治・大正・昭和期の文学者の生涯と作品鑑賞を記すシリーズで、作家で立教大学教授でもあった福田清人（一九〇四—一九九五）が監修。網野義紘『夏目漱石』、佐々木冬流『徳田秋声』、本多浩『室生犀星』、浜名弘子『与謝野晶子』、板垣信『太宰治』など四五巻。新書より少しおおきめの判型、一冊六八〇円。いまも増刷がつづく。

ほとんどの本は、福田教授の日本文学研究室から巣立った若い研究者、つまり大学院、大学を卒業したばかりの人が執筆した。そんな若い人たちが書き上げたものとは思えないほど、なかみは充実している。その作家は、どんな人生を歩いたのか。この作品はどんな状況で書かれたのか。読者の興味にしっかり応えてくれるのだ。評価も高い。「はっきりと人間としての作家を中心に置いている。文学を理解する上の教養書として恰好なものであり、すみずみまで細かい注意が配られている」とは、作家井上靖の推薦のことばだ（同シリーズ「内容見本」）。

ひとりで執筆し完成させたものがほとんどだが、二人が力を合わせてできた本もある。「聖家族」「風立ちぬ」などの名作で知られる作家のガイド『堀辰雄』（一九六六）の著者は、飯島文、横田玲子。二人とも、立教大学日文科を卒業してまだ一年。その文章の一部を読んでみよう。

〈その静謐で丹念な「時の推移」の描写の底には、水に映る私たちの顔のように、人生の本質が揺《ゆら》めいている。〉

〈一般に堀辰雄はフォーナ（動物）型に対するフローラ（植物）型の作家だと言われている。これはそう堀が自称したのであって、いわば名刺の肩書きのようなものである。〉

〈軽井沢で書き上げた「美しい村」は、読みようによってはひどく退屈な作品である。そこには、あらすじといったものがないからである。ちょうどサルトルの「嘔吐」が、限りなく退屈な独語に終始しているように、「美しい村」は退屈なまでの明澄さでつらぬかれている。〉

専門的ないいまわしはあるものの、全体にはとてもわかりやすい。文学作品を「表現」するときにはこんなふうなことばをつかうのだということも、そこにあることばから教えられる。なにより興味ぶかいのは、子供のときは、こうだった、誰かと出会うことでこうなった、こんな作品を書くことになったといった、文学者のストーリーがわかることだ。ある人は、こう言った。このシリーズの本をもっているだけで、たのしい。夢があると。それは作品のすがた、かたちだけではなく人生そのものが伝わってくるからだと思う。人生は誰もがもつものだから親しみを感じてしまうのだ。そこからまた、その人の文学への興味や理解がふかまるものである。

それにしてもこんな、いろんな意味で、意味のある本を、大学院や大学を出たばかりの人たちが書き上げたとはたのもしい。福田教授の研究室に有能な人たちが集まったことはたしかだが、それでも、ひとりの作家について一冊の本を書くことは容易ではない。福田先生に「書いてみなさい」と言われた人たちは最初はふるえあがったのではないか。でもいっしょうけんめい勉強して少しでも恥ずかしくないものにしようと努力したのだと思う。現在の学生や院生には、おそらくこのような「仕事」はまずできないだろうと思う。また先生も、まかせないのではなかろうか。

作品を読むことはいい。でもいつまでも「読む」立場に甘えていると、ものごとのほんとうの理解は得られない。本を書くことは、責任のある仕事だけに、大きな意味をもつ。そのような機会を与える先生たちがいることも、だいじだ。

自分の頭より大きな文字

文章は、ぼくの頭では次のように、分類される。
〈第一段階〉日記、メモ。多くの人が生まれて最初に書く文章らしきものは日記であろう。これが文章のスタート。自分のことを書くのに遠慮はいらない。表現に凝る必要もない。この段階では「人間は自分のことについては自由に書けるものだ」ということを知る。
ただし日記、メモの習慣は重要。ちょっとしたことでもメモをとることができる人は、相手からの連絡にもすぐ返事を出すなど応答、行動も迅速。日常活動も勤勉になる。なにを書いてもいい「自由」な段階は、文章についてたいせつなことを学習するチャンスでもあるのだ。
〈第二段階〉試験、調査表、アンケート回答。生きていくためには、書類などにあれこれ必要なことを記す必要がある。数字が多いので、らく。
性別は？　［女］
年齢は？　［二九歳］
こんなあたりまえのことを書かされる。考えなくてもはっきりしていることだから、らくか、というとそうではない。らくなものにはルールのハードルがある。「書式」がうるさいのである。ここはカタカナ、ここは「空けておく」、ここは右に揃えて書く、ここにハンコなどとそのたびに「書式」がちがうので、ノウハウを蓄積できない。この段階で「人間は空欄を埋めるものだ」あるいは「場所が言葉を選ぶのだ」あるいは「単純なものほど、主導権を奪われる」ということを知る。「自分は女である」ことも。

〈第三段階〉随筆、エッセイ。同窓会の雑誌や、永年勤続表彰のあいさつ文、業務報告書などで文章を書かされる。「ええ、わたくしはこのたび」、これでは固い。「以下、管見のかぎりでは」、あらまだへん、などとなってユラユラ。こういうときはどう書くのだっけと、「国語辞典」を引くことに。この段階で「立場の数だけ文章がある」「国語辞典は岩波だけではなく三省堂からも出ている」などということを知る。

〈第四段階〉看板。これは意外に見落とされやすいので特別に提示しておこう。たとえばある集まりで「○○祝賀パーティー」などというボードを会場に掲示しなくてはならない。看板、掲示板、案内状などもその類。こうしたパブリックなときに文字を書くのは、はがき一枚とはちがって神経をつかう。

街を歩いていると映画や催し物の大きな看板や垂れ幕がかかっているが、よく見ると、まちがった字がある。「あまりに大きい」ので、まちがっているとは思えないこともある。「あまりに大きい」ものは文字を飛び越してしまうからである。看板をペンキでかく人は、プロだけれども、自分の頭よりも大きな字なので、視界にとらえられない。そこからのあやまちである。この段階で「人間は自分の頭よりも大きなものについては感覚が狂う」ことを知る。「天下国家」を語る人の感覚が多くの場合、次第に「狂ってくる」のも同じこと。これはいろんなことにいえそうだが、看板だとはっきり見えるのである。

ふつうは、だいたいこのレベル止まりである。文章の教育、錬磨の機会は特に与えられない。しかしごく少数の人が、その先をうかがう。

〈第五段階〉論文、創作。文章のプロとなる人たちである。小説や評論、学術論文、翻訳など。文章の技術、要領を学ぶ。この段階で「場合によっては文章を書いて暮らしを立てることもできる」ことを知る。この〈第五段階〉をめざす人がいまとても多いが、『文章の書き方』なんていう本はあまり読まないほうがいいと思う。自分は文章が書ける、という前提でものをいう神経のずぶとい人たちの言葉だからまず信用できない。一から四までの段階でポイントになることを日頃からこころがける。看板も見る。これが基本だろうか。

これからの栗拾い

あんまり、おぼえていてほしくない。

女性のお尻が好きだ、と書いた。

ぼくはたしかにそうなのである。お尻のほうから、見るだけでなく、あれこれするのが好きなのである。なんというのか希望が夢がふくらんでくるのである。お尻で前途が輝いてくるのだ。女性のお尻は、すべすべして気持ちいいし、さわられたお尻のようすは無視と応答がこもあって、よい。道を歩いていくお尻を、うしろから見るのだっていいものだ。全部が女性のお尻であったらと、この世界に対して思う。

いつだったか、好きだけれどそれほど仲良しになれない女性と、栗拾いをしていた。その人が栗を拾うとき、服をつけたままだけれど、お尻を向ける結果になった。ぼくはもうこの先このような機会はないと思い、とうとう（とうとうというのは変か）こっそり写真をとった。ぼくはうれしい。ぼくはその人の遠いお尻を見つめていた。これからも栗拾いのたびに見つめていくようにしたい。

お尻のことは、詩や文章の隅に書いてきた。だが、それほどたびたび書いているわけではない。思い切って、すぱっと、お尻が好きだ、と書いたときは突然言葉が高くなるためか、意外に記憶してもらえない。だから思い切って書くことができる。記憶されないからしめたものだ。ところが、突然言葉が高くなるようなことを書くということは、よっぽど、しんからお尻が好きだととる人もおり、記憶に残すのである。これにはまいる。

ある女性とお茶をのんでいたとき、「荒川さんはお尻ですものね」という。ぼくは、お茶をのんでいるときは別の人格なので、なんのことをいっているのかとっさにはわからない。そのあとも、何度か会っているうち、人をまじえた会話のなかでも、「荒川さんは、お尻から書く人ですもの」とか、自分だけにわかる声でいう。これは少しこまった。訂正が必要だ。だがお尻が好きなのだから、完全な訂正はできない。しかし何かひっかかる。ぼくは不機嫌であった。こうなるとうまく言葉が出ない。

そんなことになるのは、詩や文章に書いたからである。特に文章はいけない。ぼくはたしかに女性のお尻が好きだが、前も好きである。前が好きと書くわけにはいかない。それは品性のようなものである。品だけではないが、お尻について書くことでその反対側にある前の部分についての自分の興味のようすを、いいあらわせるとも思っている。だがそうは伝わらない。それは、お尻を書くときのぼくの文章に問題があるのだと思う。そして文章を読む人にも問題が残されているように思う。文章は問題を残し合うものなのだ。それもひとつのおもしろさだ。

　また、こんなこともあった。ぼくはある人に、ぼくの文庫本の解説のなかで、荒川さんはとても歩くのが速いと書かれた。実際、速いのだ。また次の文庫の解説でも、今度は別の人に、同じことを書かれた。とても速いそうで、文章では追えないくらいらしい。ぼくは自分のことはわからない。それに活字に弱いので、ともかくこの二人の文章を信じることにし、自分は誰よりもとはいわないが、相当のレベルの速度で人と歩いてきたのだと思った。ぼくは他人の文章と、自分の感覚のふたつをもとに、この点については疑わない。

　ところがいっしょに歩いて、ぼくより速い人が突然、東北地方にあらわれたのである。

　先日、山形の山辺という町に話をしに行った。山形駅の改札に、出迎えた方がいた。三〇代の男性である。彼はぼくの姿を見つけるなり、空気をマサカリで割るように一気に飛び込んできて、はいこっち、はいこっちですよと、同じ単語を矢継ぎ早に放ち、とんでもない速度でぼくをひっぱっていくのである。

　ぼくは時間通りに来た。会場までたっぷり時間がある。だから、こんなにあわててどこへ行くの？　と、ぼくはおどろいてしまうわけなのである。はきはき、きびきび、とても感じのいい男性なので、ぼくはこういう人好きだなあ、女性のお尻だけではないなあと思ったけれど、なにしろ速いのでぼくはカバンをにぎりしめ、彼のうしろを、ホウキにまたがって？　追いかけたのである。ぼくは叫んだ。ぼくより速い人がいる。それも、理由もなく速い人が。ぼくは自分の足の速さに触れた二つの文章によって、これまで生きていたのだと思った。歩いてきたのだとも思った。文章にはそういう力がある。だが、どんな文章の観察も超えるできごとが訪れることもあるのだ。そのことを文章を書くうえで忘れてはならないと思った。ぼくは彼のお尻を追いかけた。

＊

さて、ぼくは作文が好きである。文章を書くには作文が基本になると思っている。文章は日記からはじまる。ここでさきほどの栗拾いの話でもしよう。栗拾いなどは、作文の好材料である。栗拾いの一日を、どう書いたらいいだろう。以下、その部分を書きながら考えたことを（　）にくるんでおこう。文章の進行に合わせ、すなおに、ごまかしなく、「書いているときの気持ち」を書いていく。

栗拾い

荒川洋治（埼玉県・四六歳）

ぼくはある日、ある用事で出かけたおり、たまたま栗拾いの現場に遭遇した。九月の終わりのことである。（「ある」が重なるが、作文だからいいだろう）

朝の一〇時前だった。秋の空気はまだつめたかった。歩いていたら、畑に出た。栗がいっぱい落ちていた。こんなにたくさんの栗を見るのははじめてである。（「いっぱい」と「たくさん」が重なるが、作文だからいいだろう）

ぼくは「拾ってもいいのだろうか」と思いながら、せっかくだからと、拾うことにした。ぼくの手は栗でいっぱいになった。いっしょに来た彼女のカバンも、いっぱいになっているので安心した。二人とも黙っていたが、それぞれ安心していたようである。（少し表現がしつこいが、ほんとうにそうだったんだからなあ）

ふと見ると、村人らしい野良着のおじさんがこちらのほうへやってきた。でも何もいわない。だからまた安心した。

いっぱいの栗を戦果に、ぼくらは畑を出て、人家のあるほうへ向かった。すると、その人家の方向から、観光客と思える大人や子供たちが、一〇人ばかり歩いてきた。彼らはどうもここへ栗拾いにやってきたようである。いくばくかのお金を払い、たくさんの栗をもらっていく人たちだ。（お金は前払いなのか後払いなのか、こういう催しに参加したことがないのでわからない。まずいなこの作文）

ぼくはなんだか、悪いような気がした。だってその人たちは、いまから栗拾いをとても楽しみにしていて、歩いているのである。（「歩いている」はまあ、よくできたかな）

ぼくらはたまたま、栗が落ちているところに来たのだ。だから責められる筋合いのものではないのだが、朝の一〇時前は「解禁」前の時刻だったかもしれない。だいじょうぶ、拾ってしまったのだから、と思った。でもいくぶんうつむいて、彼らとすれちがった。（「見送った」とすべきか。実際どうだったか。そのときは緊張していたのでうまく思い出せない。ひっかかるなあここは）

坂道を下ると、駐車場があり、彼らをのせてきたバスがとまっていた。エンジンがまだうんうんいっていた。「ここはどうも、栗拾いの名所らしいね」と、ぼくは彼女にいった。やはりそのことを、声に出していっておく必要を感じたのである。

拾った栗は大きかった。色もよかった。

（おわり）

＊

とまあ、こういうわけである。もう少しつづけたかった。これくらいにしておこう。

栗拾いという催しについて、少し知ってから書くべきだったかもしれない。でもこの栗拾いをしたときは、知らないし、いまも知らないので、書けないのである。こういうときは調べてみるのか、それとも知らないままでいいのか。これが作文とそうでないものの分かれ目かもしれない。

栗拾いだけではなく、もう一例ほど出して、「悪気はないがたまたまそうなってしまったときの人間の気持ち」というテーマへ持っていくべきだったかもしれない。それと、ぼくと彼女の関係をもう少しうまくあらわしておけば、会話のやりとりもリアルになったろう。しかしえてして、こういうときはそれほど親しい関係ではなかったりする。微妙というほどのものも、なかったりするのである。そのぼんやりしたところが、この栗拾いの性格ともつながる。しかしそのことをあらわすには作文では無理だろう。

というわけで、反省点だらけになったけれど、ぼくは作文から文章を書く男の子なのである。はじめからずっと作文だった。詩も評論も、作文で通してきた。そういう人もいて、世界が成り立っているわけなのである。みなさんもどんどん書いてほしい。今度は正式に参加したいので、栗拾いの情報も教えてほしい。

小さい日記

一日に一〇〇字ほどの日記はつけているが、このほど、読書の記録だけを独立させることになった。これまでは、なにもかもいっしょにして、つけた。これからは自分が何を読んでいるかが、一目でわかるようになる。日記帳の余白につける、小さい日記のスタートである。今年最初の読書は、ヘンリー・ジェイムズ『金色の盃』。「一月〇日、『金色の盃』上巻」などとつける。感想などは書かない。書名だけである。簡単だ。他に「欅の芽立」の作家、橋本英吉の『系図』（戦時中の歴史小説）も読んだので書きいれる。「欅の芽立」も読み返した。

そのあと古書店で、モラヴィアの『ロボット』（白水社）という短編集を見つけた。三〇年ほど前に出た「新しい世界の文学」シリーズの一冊だが、この本の存在をこの日はじめて知った。シリーズが終わりかけの時期に出たので、部数が少なくあまり出回らなかったのかもしれない。一月×日、『ロボット』一四〇〇円、と書く。

そのあと、同じモラヴィアの長編『無関心な人びと』（弘文堂・一九六六）、バルザック『純愛（ウジェニー・グランデ）』（旺文社文庫）を読んだので記録した。買った日あるいは読みはじめた日、読み終えた日をつける。この小さい日記は、ひと月に一〇行くらいになる。これでいくと一年は四、五頁ほどにおさまる。見晴らしがいい。気持ちもいい。一日に何度か、その小さな日記を、ぼくは眺める。文字の数が少ないので、さみしい気がする。ひとけがない感じ。そうならないためには、感想などをいっぱい書けばいいのだ。でもそれで文字数がふくらむと、別のものになるような気がする。

体温を併記することにした。といっても、本を買ったとき、本を読んだときの体温ではなく、この小さい日記をつけたときの、ぼくの体温だ。三六・七などと、つける。先日入院してからというもの、ぼくはしょっちゅう体温を測るようになった。ほんの少しの上げ下げだが、おもしろい。「微熱がある。三七・二あたりかな」と思うと、三六・六だったりする。なかなか予想と合わないが、それも楽しい。三六・四というのが、まだ一度も出ていないことに気づく。どうすれば、そんな体温になるのか。というように思うことはいろいろある。でも小さい日記には、数字だけを記す。

すこしだけ、まわりとちがう

「書き文字」とは、手書きの文字のこと。デザイナーが考案した、独自の文字だ。「暮しの手帖」の表紙の文字（ロゴ）を思い浮かべたい。「朝日新聞」でも「週刊新潮」でも同じ。ほとんどの新聞や雑誌は「書き文字」の題をいただく。表紙に絵がなくても「書き文字」があると、印象をつくる。十分、アピールする。書物の題にも「書き文字」がつかわれることがある。

「書き文字」は基本的には、職人による地味な仕事である。岩波書店、丸善などの注文に応えて「書き文字」をかいてきた五島治雄《ごとうはるお》（大正六年生まれ）は『造本の科学 上──造本篇──』（日本エディタースクール出版部・一九八二）で「広辞苑」の題字を例に、「書き文字」の苦心を語っている（ちなみに「広辞苑」の題字は、明記されてはいないものの、五島さんの「書き文字」だと思われる）。

「広辞苑」の題字の場合、縦書にするときと、横書にするときで文字のかたちが微妙にちがう。縦か横か、つまり文字がどう並ぶかで、「書き文字」がちがうのである。字のひとつひとつに性格、表情があるので、バランスを考えつつ、筆を足す。すると、人の目にいいかたちでおさまるのだ。烏口《からすぐち》と、細筆（墨）でかくというから実にこまかい作業である。しかも原寸で書く。大きく書いて、縮小するのは、自然な視覚に反するのであまりよくないらしい。

ゴシックの場合は、大きさによっては文字がつぶれるから、ときには字の横棒を細くしたり、削ったり、左右のバランスを変えたりする。ひらがなも、そのままつかうと題名がわかりづらい。ひらがなと漢字がある題名を、きれいに見せようとするときにも、注意ぶかく手を加える。

いまは多彩な書体を、コンピュータで簡単につくることができるようになった。でもそのまつかっても、文字は生きない。手を加えてこそ、品のある文字が生まれる。書物の題字は「顔」。何年見続けても、あきのこないことが条件となる。

「書き文字」は、昔のほうがさかんだった。多色印刷が困難なので、字に重点がおかれたためもあろう。夏目漱石『吾輩ハ猫デアル』は、橋口五葉（版画家）の独特の字。恩地孝四郎（近代装幀の創始者）は「恩地明朝」といわれる文字で、一世を風靡した。武者小路実篤や室生犀星は、自分の字を表紙につかうことも多かった。実篤や犀星の字は、素朴で独特で、規則性があるから、ひとつの「書体」とみなすことができるかもしれない。

いまは、本のデザインも派手に。機械でつくるものが多いため、かえっておもむきがない。手間をかけた「手作り」の感触が「書き文字」にはある。「書き文字」は貴重な文化だと思う。

学生のころ、審美社から刊行される雑誌や書物の、文字にあこがれた。審美社は現代の小説や評論を刊行する出版社（発行人・韮澤謙）だが、社員は社長の韮澤さんおひとりではなかろうか。磯田光一『吉本隆明論』、小山清『二人の友』、近年はヘンリー・ジェイムズの本も三冊出した。『死者の祭壇』『ねじの回転』『ジャングルのけもの』（いずれも野中惠子訳）。

いまから三〇年以上前、同社から季刊文芸誌「審美」（一九六五—一九七三・全一六冊）が出ていた。文芸批評を中核とした、地味ながら密度の高い雑誌で、ぼくも愛読した。その「審美」という題字は「書き文字」ではないかもしれない。明朝体ではなく、宋朝体の文字を「変化」させたもののようにみえる。その点は（こまかいことは）はっきりしないものの、ぼくはその文字を見るたび、その美しさに魅せられた。審美社の書物は多くの場合、表紙、扉、背など、どこかでこの文字がつかわれているので、すぐわかる。広告も同じ。社名の「審美社」の書体が、まわりの文字とちがうので香りを放つ。

ぼくは大学四年のとき、最初の詩集を出したが、詩集の広告も、自分でつくった。どこかで審美社の真似をしたいと思い、同社の広告の本文につかわれている「新聞明朝体」（一般にはあまりつかわれない明朝体のひとつ）の通りにつくろうとしたが、うまくいかない。何かがちがうのである。その何かとは何なのか。観察と研究を重ねたが、わからなかった。やってみても、同じものにならないのだ。少しだけちがうものに、いや結局は全然ちがうものになってしまうのだ。だからますます、あこがれはつのる。

規格の書体を用いても、つかう時期が他の出版社より早かったり、文字の配置、まわりに置かれた書体とのかねあいで、「書き文字」でなくても「書き文字」と同じ効果をあらわすこともあるかと思う。

と書いたところで、ぼくは季刊誌「審美」を取り出し、念のためと思い、もう一度眺めてみたら普通の宋朝体とは微妙にちがう（測ったわけではないが、字画の肉づきがほんのわずかだがちがうのである）。ああ、これはやはり「書き文字」かもしれない、と思った。ほんの少し手を加えた、つまりデザインされた文字ではないかと。ほんとうのところは、わからない。想像するしかない。というわけで、ぼくは審美社の文字については、いつも振り出しに戻ってしまうのだ。「審美」の文字は神秘的だというほかない。「書き文字」は、まわりにあるものと、すこしだけちがうところが楽しい。目のなかに、夢をつくる。

一本のボールペン

おとなになると、うれしいことはあまりない。それでも、うれしい顔は見たい。なかなかないだけに、その現場と、意味をたしかめておきたい。

ある新聞社の書評の会議に出ている。先日、はじまる前にPさん（六〇歳ぐらいかな）が、うれしそうな顔をしている。わけをきくと、「ボールペンを、もらったの」という。そこでは、いつからだったか、あれこれメモするのに必要だからと、来る人みんなに、ボールペンを一本くださるのである。

はじめぼくは、それをもらっていいのか。あとで返すのか。わからなくて悩んだ。もらえる、とわかったときはうれしかった。ぼくの一生はバラ色だとまで思った。Pさんは、この日はじめて、もらえることを知ったようだ。ぼくはすでに知っていたので、この件については先輩ということになるので、「そうなんですよ。もらえるんですよ」などと、高い所から、答えている。

おとなになると忙しくて、買い物に行かない。それでボールペンひとつも遠くなる。ちいさなものほど、貴重なのだ。それが、おとなの世界。

話は変わるが、ホテルの部屋などに置いてあるボールペンは、いいものが多い。いっとき使うだけのものなので、そのいっときのために、全身全霊を傾けて、インクが出る。だからする する、きれいに書ける。高価なものは、意外と元気がない。

というわけで、おとなは、一本の味わい方を知っている。一本で、うれしい顔になれる。他のことで自分が不幸でも、そうなれるのだ。そこに人の気持ちというものの、不思議がある。ぼくはこういう、ちいさなものをいつもいつもたいせつにしているわけではないが、人間に何がたいせつか、というときに、そういうときの人の気持ちが浮かぶ。

いまおとなは、自分のほんとうのよろこびとは何かを考えるとき、大きな状況ばかり想定する。ついうっかり、大きな土俵での自分の姿を、頭に浮かべてしまう。それがかえって心をちいさくする。うれしい顔は、そこからは出ない。たちのぼらない。ぼくは、おとなの顔はあまり見たくない。自分と同じだから。でもおとなの、よろこぶ顔は見たい。ときどき見たい。

会議の間も、もらったボールペンにさわっているPさん。「先輩」のぼくは、笑顔で見つめる。

言葉がない

文章を書いているとき、ふと、「こんな言葉があったらいいのにな」と思うことがある。表現したいことがらにふさわしい言葉が見当たらないのである。

もちろんそれはただたんにぼくが言葉を知らないためだ。知っていたら、「言葉がない」なんて思わないはずで、早速ふさわしい言葉を見つけてつかうはずだ。とはいってもやはり、「言葉がない」と感じることはある。以下はとても変な話になるかもしれないが、ぼくの疑問を正直につづっておこう。

しおからい、からい、あまい、にがい、しぶいなど、味覚を表す言葉は十分にあるように思う。また熟語でいうと、「対立」関係も豊富だ。対立、対峙、拮抗、対決、伯仲など、若干意味はことなるものの、似たような言葉がある。いっぱいある。

では「愛情」系はどうか。愛情、情愛などいくつかあるが、愛情というには強すぎ、情愛、慈愛、親愛、好意ではちょっとそれる。そういう感情の状態を示す言葉は不足のような気がする。それで「この〇〇に対する作者の愛情とでもいうべきものが」というように、「というべきもの」などを付けて文章にすることが多い。

次は「批評」だ。この分野が足りない。たとえばある作品を評することを表すとき、批評というとやや堅苦しい。批判、非難になると否定的な意味あいがまさる。感想ではよわい。そのとき感じた、ある程度の個人的感想を言いたいときの、「批評」系列の言葉が、日本語には足りないようだ。外来語のコメント、クリティークでもまかなえない。「批」は「うつ」(なぐる、せめる)が原義だそうだが、ほぼ同じことを表しながらも、「批」よりすこしやわらかみのある漢字がもうひとつあればいいのだ。仮にそれを「□」とすると、「批□」あるいは「□批」という言葉が生まれる。すると、ぼくの求めるニュアンスに近づくことになり、ぼくはよろこぶかもしれない。

そういうことだとしたら、どうして、□という字がないのか。それはなぜなのかを考えることもおもしろいと思う。もちろん、無いこと、足りないことで、つまり、限られた言葉をつかうことで、文章表現力が鍛えられる面もある。それはそうだ。でも足りないことは足りない。

動詞部門では「歩く」系列が不足。歩行、徒行、通行などあるが足りないように思う。いくらか性格のちがう「歩く」があっていい。そのへんを、出歩く、散歩する、ぶらつくなどで補強してきたのかもしれないが、昔は散歩することを「運動にでかける」といったし、徘徊、逍遥という言葉もあった。それでも不足だとぼくは思う。「歩」だけではなく、もうひとつ「歩く」ことをあらわす漢語があると、うまくいくのでは？

修飾系では「さわやかな」「可憐な」、名詞部門では「人生」「自然」「幸福」などの類語が不足しているように思う。これらは意味がひろすぎ、手垢がつきすぎている。それに代わる「新しい言葉」が待たれているような気がする。

何が足りないかは、個人個人でちがうし、足りないという考え方そのものがおかしいのかもしれないが、漢和辞典を読んでいると、ある傾向の言葉はいっぱいあるのに（「清」の熟語は、どこがどうちがうのだときいてみたくなるほどいっぱいある、しかもちがいの説明が不十分）、ある方面の言葉が少ないことに気づくのだ。理由があるのだろうがぼくにはわからない。

現実にある（あった）言葉を解釈する。それが言語学の人たちの作業らしいが、それだけでは不十分だ。「無い」言語を視野に入れる必要がある。漢語、日本語の数はこれで十分なのか。もし足りない領域があれば、そこには文化や歴史がどう関係しているのかというようなことを考えてみるのも意味のあることだと思う。

「あなたの日本語は正しいか」ではない。「言葉はどうなのか」ということである。

第2章　詩のことば

詩は、散文の対極にあるものと思われているが、そうではない。そう思うのは、気のせいである。散文をたどるように、詩を、すなおに読んでいくと、たどっているその道が、少しちがうなと感じる。こちらとはそれていくなと感じる。

それは、詩のことばが個人のルートをたどるからだ。険しい道、人には伝わりづらい小径。でも確実に胸のうちに存在し、実感できるものを、詩は映し出す。ひろく瞬時にして伝わる、通りのよい散文も、いうまでもなく大切だ。でも、個人を濃厚に感じさせる詩のことばは、思った以上に、個人の現実に即したものだ。散文と同じように、近しいものなのである。

かたわらの歳月

高度情報化社会ということばをよく耳にする。が、そもそも詩は、情報と〝逆対〟する場で生まれている。ましてコンピュータのコの字にもふれたことのないぼくには高度情報化の概念そのものが雲の上なのだ。では詩を書くことと、情報と少しのふれあいもないかというと、そうではない。思わぬところに情報が流れこむ。

ぼくは内気な学生だった。中野の野方というところの四畳（四畳半ではない）で下宿生活を送っていたが、その日は思いきって、線路の反対側に行ってみた。性格から考えると、線路をまたぐことだけでも冒険であったかもしれない。ぶらぶら線路ぎわを歩いていると、掲示板があって、区の「成人学校」が開かれるというポスターが張られていた。講師は黒田三郎だった。ある日、ぼくはその「成人学校」の詩の教室の椅子にすわっていた。第一日目だった。

そこで情報を〝目撃〟したのだ。

黒田さんは詩なんて、やくざな人間がやることで、この世界からお払い箱になったものの、つぶやきみたいなものですよ、とはっきりいわなかったが、そのようなことを、ぽつりぽつり話した。詩に対してつめたいことをいう人だと思った。でも黒田さんの読者であったぼくは、事態をのみこんだがためにつめたいことをいえるのだとも思った。二十人足らずの生徒は、静かにきいていた。そのうち、質問の時間になった。黒田さんは、この場での、自分の情報が出尽くしたと感じたのだろう。質問の時間と称して、ききての情報公開にこの先の時間を使うことを思いつくのは、なりゆきとして自然だし、詩を書く人にしては気のつく人だなとも思った。ともかくそこで黒田さんは、外部の情報に耳をかたむけようとしたのである。

生徒は一人一人、自己紹介をつづけていった。「そうですか、学生さんですか」「ああ、うちの近所ですね」などと、黒田さんはあいの手をいれていった。このまま つつがなく、時が流れるだろう。世に知られた詩人との、静かな語らいのひととき。ここでおわっても、ぼくらはこの一日をたいせつにしまいこむだろうと思った。

思いがけないことがおこった。といっても大それたことではない。ある、七十年輩の婦人が、椅子にすわったまま、きき ずてならない一つの情報を流したのだ。

「私は……実は詩をならおうとして、やって来たんではないんです」と。はは あ、ぼくわかるよ。詩人という人間がどんなものか見に来たんでしょ。そうだった。しかしちょっとちがった。

「私の主人は、才能もないと思えるのに、詩を書いていました。有名ではありませんが、ずっと書いていました。かせぎもないのに、あんなものに、と私は感じていました。あの人は、すっかり書くことに夢中になって、全く、どうしようもないことになりました。道楽といえばそれですみますが、詩のどこがよいのか私にはわからないんです。」

話はつづいた。

「そんなに、夢中になって、身をほろぼしかねない詩、現代詩というものは、いったいどういうものなのか、そのときは考えもしませんでしたが、いま、その人を理解したいと思うあまり、ここに、やって来ましたのです。……」

あたりは水をうったように静かになった。そこには当然、黒板を背にした詩人が含まれているのはいうまでもない。うんうん、ときいていた講師は老婦人の話がおわるや果たして絶句した。

そのとき、黒田さんがどんなことばを返したか。ふた昔も前のことだから、ぼくは忘れている。だが黒田さんが、柔和な表情をくずさぬまま、その場を収拾するいかなることばも打ちすてて茫然としていた、その様子だけはありありと思い浮かべることができる。

ことばを失う原因は、この老婦人のことばのなかにあるのはいうまでもない。しかしそのことばのどこが、どの部分が周囲を鎮静させたかについては、はっきり見定めることができない。黒田さんもこの日のできごとに、忘れられない印象をもったようだ。後年、ある席で対談したおり、テープがカセットからとり出されたあと、詩人は大きく息をついて、いった。そうでしたか、あなたもあの席にいたのですか、と。

老婦人のスピーチはいくつかのことを、そのことば以上に投げかけていた。それは情報としてみると、いかばかりか重くるしいものであった。

詩にうつつをぬかしたダメ亭主。いや、詩でなくてもいいかもしれない。ともかく世人の、理解をこえる形で、自身の生活を破滅させるだけでなく周囲をまきこんだ、男。それは、黒田三郎にとって、ある意味で自分のことだと叫びたくなるものだったかもしれない。少なくとも、老詩人の姿はわがことの問題としてチラリ、頭をかすめたろう。しかしそのこと一つにかぎるならば、ききながすことができたろう。詩人もまた世間的な生活をいとなむ以上、老婦人の視線と同じものを常日頃、周囲に感じとっていたはずだからだ。そして黒田三郎の〝市民〟の詩は、生活的にダメな男のつぶやきを、したためるものだった。そこに明かるい以上、老婦人のことばは、彼の自己理解に何ほどのことも付け加えるものではなかったかもしれない。

だが、人の話はつづくものであった。その、理解をこえることがらにうつつをぬかし身を滅ぼした人を、理解したい、そうしなければ私の、人としての、そばにいた人間としての、気持ちがおさまらないのだと、付け足したとき、ことばはいやがおうにも入りこんだ。その心を「理解したい」というひと言は、同席した人たちに、ごくありふれたものいいではありながら、人間世界の淵をのぞかせるひびきをもっていた。そしてその、そらおそろしい淵のかたわらに、詩の入口に立ったばかりのぼくらは一気に運び込まれたのだった。

婦人はどうみても、そこらにいる、おばさんという感じのみなりをしていた。彼女の暮しもそう恵まれたものにはみえなかった。教室の机にすわるのは、ほんとうに久しぶりの体験であったようだ。場ちがいなところに顔を出したことに気づいてもいるようだった。だが、彼女が語りかけるとき、そこには、詩にまつわる人々のすべてを吸いこむ、深い沼のようなものが現われてくるのだった。彼女は、みずからの体験ではなく、夫という他人の経験をタテに語っているのだった。詩とそいとげると決めた人間の、おざなりにできない問題の一つを、ひょいと無慮、さし出すことができたのはそのためだったにちがいない。しかし婦人はどうしたことか、その他者の経験を、自分のものとして引きよせ、とりこんで語ってきた。「理解したい」という痛切な思いは、つれあいという他者の問題に、世人よりは一歩、踏み込むものであった。ぼくは、そのときそうした生き方をめずらしいと思った。いまどき考えもしない情報の通路をあらわにしてみせていたからだ。

当の夫は、すでに亡くなっていたかどうかについても思い出せない。しかし夫が、自分の人生の意味をその時点で尽くしていたことはたしかだった。尽くされてしまった時間に対して、かたわらの人間が、どうこういうことはできない。ほうっておけ。すんだことだ。おせっかいだと、人はいうかもしれない。だが彼女は自分のうちにしまってはおけなかった。教室に出かけてきた。そして、マイクをさし向けられる機会がおとずれたそのとき、その胸のうちを外部へ、一片の情報として洩らしたのであった。きくものには重くるしい情報だった。しかし、もっとも重くるしい思いをしたのは、彼女がつれあいと共にすごした、三十年、四十年の歳月であることは、いうまでもない。そしてそのことをことばにしたとき、彼女はこれまで心の中にしまいこんでいた秘密を、うばわれたのである。おそらくそこで彼女と夫との問題は、詩人の回答をまつまでもなく一つのバーをとびこえていただろう。

高度な情報社会はますますエスカレートし、コンピュータに対して、ぼくらは知ることのすべて、思いの所在を、生きている人間に対する以上に打ち明けて提供している。情報はぼくらをモトデにしているが、記号のトンネルをぬけるうちに、さして個人に必要と思われないものになることも多い。情報を得るというより、情報との距離的なひらきを予想された場所で楽しんでいる面があるのだ。情報は快楽なのだ。その快楽はときとしてなまみの人間の想像力の発揚をおさえこむ。人は、はたから笑いものにされても、あるときは、まずしい情報をのみ支えとして生きていかねばならない。そのまずしさの許容こそ、「高度」の二字のはたらきであるはずなのだが、現実は〝逆対〟の方向にある。だが老婦人の一日はちがった。もっとも情報から隔離された詩という世界にうつつをぬかし、身を滅ぼしたつれあい＝その人の情報、それきりをもとめていたのだ。

話の間、彼女は、目の前の詩人ではなく、夫というその人に対峙していた。記録紙がぼくらの情報を打ちつづける時代に、それはさぞかし空しい問いかけであるにちがいない。だが彼女はその人の記録を、ひそかに待ちつづけていたのだ。

散文

散文は、多くの人に、伝わるようにと念じて書く。「雲をかぶった山が見える」などと書く。「谷間の道を、三人の村人が通る」などと書く。いまぼくはチェーホフの「谷間」を読みなおしたところなので、こんなことを書いた。いま引いたのはチェーホフの文章ではない。

多くの人に、情景をまっすぐ伝える。散文の一大使命である。その恵みはおおきい。でも人は「谷間の道を、三人の村人が通る」のを見たとき、あるいは思い浮かべたとき、実際に「谷間の道を」「三人の」「村人が」「通る」というふうに順序だてて、知覚するのだろうか。そうする人もいるだろうが、「三」「村人」「谷間」というふうに進む人もいるはずだ。そのほうが自然だろう。でも「三」「村人」「谷間」と書いては、なんのことかわからない。それで散文の習慣にしたがって「谷間の道を、三人の村人が通る」と書くことになる。読む人のために、作者個人の知覚をおさえこむのだ。個人の認識をまげて、散文はできあがる。つまり散文とは、つくられたものであり、異常なものなのである。散文は、理路整然としているから「正しい」ものであるように思われているが、散文が本質的に異常な因子をかかえていることを知っておく必要はある。

たとえば詩では「谷、三」と書く。あるいは、情景にはないのに「紫」と、突然書くこともある。これが詩である。個人が感じたものをそのまま表わす。他人には、なんのことかわからない。意味が通らないので、きもちわるい。だが詩は、ただ伝えるために書かれるものではない。個人の感じたものを、どこまでも保とうとするために、そのような表現をとるのだ。詩は、標準的な表現をしないために、異様な、個人の匂いがそこにたちこめる。他人の存在や体臭をいとういまの人にはうっとうしい。詩のことばは異常なものとみなされ、敬遠される。では散文は、あやしくはないのか。「谷間の道を、三人の村人が通る」というように知覚しなかったのに、誰ひとりそう知覚しなかったのに、そのような文章が機械的に書かれてしまうということもありうる。それは不自然であり、こわいことだし、おそろしいことである。詩は、それがたとえ「異常」とみえるものでも、そう感じた人が確実にそこにいる。その一点では偽りはない。個人の事実に即したものである。

詩と散文のちがいは、簡単にいえるものではない。だが小説をこころざす人で、散文のことだけを思っている人が、いまはとても多い。散文とは、何か。散文だけにしたしみ、おとなになってしまった人は、散文について考えなくなる。そうならないためにも、早くから考えをもちたい。詩を書く人も、同様である。

蛙のことば

蛙の詩で知られる草野心平（一九〇三―一九八八）の主要作は『草野心平詩集』（岩波文庫）、『日本の詩歌21』（中公文庫）、『世界の詩36草野心平詩集』（彌生書房）、『現代詩文庫近代詩人篇・草野心平詩集』（思潮社）などで読むことができる。また『草野心平全集』（全一二巻・筑摩書房）では、すべての作品に会うことができる。ぼくが教科書で読んだ草野心平の詩は「秋の夜の会話」（蛙が主人公）だったかと思うけれど、他のものだったかもしれない。蛙の子供の話「青イ花」（原題「オ母サン」）も、とてもいい詩だ。他にもおもしろい詩がいっぱい。ここに紹介する「ごびらっふの独白」もユニークだ。これは詩集『日本沙漠』（一九四八）の一編。以下、前記全集の第一巻から引用。

るてえる　びる　もれとりり　がいく。
ぐうであとびん　むはありんく　るてえる。
けえる　さみんだ　げらげれんで。

くろおむ　てやあら　ろん　るるむ　かみ　ぅ　りりうむ。
なみかんた。　りんり。
なみかんたい。　りんり。

「ごびらっふの独白」はこんなふうに始まる。これだけで、六行。どこもみんなひらがなの詩。ごびらっふ、という蛙の独白（ひとりごと）だから当然のことに、すべて蛙のことばであり、人間のことばではない。部分的に、日本のことばかな、と感じさせるところもあるが、それは気のせい。

詩の末尾に、作者による「日本語訳」の詩が付けられている。それによるといま引いた、冒頭の二行分は、「幸福といふものはたわいなくつていいものだ。／おれはいま土のなかの靄《もや》のやうな幸福に包まれてゐる」という意味なのだそうである。ことばの位置関係から考えると、蛙語の「るてえる」は、日本語の「幸福」にあたるようである。

蛙語にも文法があるのだろうから、当然、活用もあるだろう。第五行「なみかんた。りんり」の訳は「みんな孤独で」。次の第六行「なみかんたい。りんり」の訳は「みんなの孤独が」。なるほど。きちんと対応しているような雰囲気である。こうなると、不思議なことにこちらも落ち着いた気分になる。さてそこからもう少し先のほうに、

ぷう　せりを　てる。
りりん　てる。
ぼろびいろ　てる。

という一節がある。これに対応する訳語を、見つけだすことは少しむずかしいが（のちの詩集『定本　蛙』に入れるとき、作者が一部の語句を変えたこともあって）、おそらく、

考へることをしないこと。
素直なこと。
夢をみること。

のところかと思われる。三行とも「てる」で結ぶところをみると蛙語「てる」は「○○であること」の意味らしい。それはともかく、この三行はリズムを揃えて、感情の高まりを示している。訳がもし付いていなくても心に迫るものがある。意味はわからなくてもいい。何かを読む人の心に送りたい。それは、この詩のことばが見た「夢」でもあるだろう。「ごびらっふの独

白」だけではない。草野心平が書いた「蛙」の詩は自由で楽しい。素直に、この世界を感じとる「蛙」。楽しそうに、ときにはさみしそうに生き物の気持ちをうたう「蛙」。どの「蛙」にも、忘れがたい表情がある。読む人に、人の心がどのようなものであるかを思い出させる。

ファミリー　詩の誕生日

もうふた昔も前のことである。祖母が、いなか町のはずれにできた「ファミリー・ランド」がみたいというのでしぶしぶお伴した。高校生だった。

それは家族やお年寄り向きの娯楽センターだった。たいそうりっぱなもので、館内はひろく、演芸場、植物園、それに宴会場、宿泊施設もあったと思う。これができたときは大変な人気で、隣り町の人たちもおおぜい出かけてにぎわいをみせた。二人で出かけたその日は、人々の「ファミリー・ランド」もうでも一段落。閑古鳥が、とまではいかないが、ひと頃のにぎわいはなかった。いや、その日がたまたまそういう日だったのかもしれない。

ぼくは間近に受験をひかえていたので、「ファミリー・ランド」どころではない。東京の大学をめざしているのだ。そんないなかくさいもの、いやだよという気持ちがあった。それに、腰の曲がりかけた祖母と二人で、出かけて、何がおもしろかろう、と。おそらくこの年頃だと誰もがそう感じるだろう。

それが、そうでもなかったのだ。そうでもなかったことを語る前に、もう少しことばを足しておこう。演芸場にはいつも芝居や歌謡ショーがかかっていた。いわゆる旅回りの役者のもの。看板が華美なわりには、味のおちるもの。そんなの、わざわざおかねはらってみるものじゃない。そういうしろものに思えたのだ。

演芸場は、体育館ほどの広さ。客はなんと七、八人だった。弁当をつつきながら、ステージをみている。祖母と同じ年輩の客ばかり。でも、こういう機会はめったにないらしい。みんな、楽しみたいと思っているようだった。

舞台に一組の中年の男女が出てきた。客の少なさに、おどろいた様子はなかった。いつも、こんな感じなのだろう。一か月の興行、そのあとはまたどこかへ行くのだ。こういうところで精出しても、客が客だ。てきとうにやっておこう、そんな様子だった。

かるいあいさつをすませると、男はハシゴをもってきた。そのハシゴは三メートルぐらいのもの。それほど高くはない。そこへ、ぶつぶつ何かダジャレをいいながら、のぼっていった。しばらくするとＢＧＭ（すり切れた軍艦マーチ）に合わせて、手だけの振りをみせていた女の人が、下から、ハシゴをちょっと揺すった。すると男はハシゴの上から、

「びっくりしたなあモゥ」

とほんとにびっくりしたように、目をまるくし、ひや汗を出す様子をした。あまりにおおぎょうなので、チョボッと、一人か二人の客が笑ったが、それ以上はおもしろくないのでじき静

かになった。

男は手をかえ品をかえて、「びっくりしたなあモゥ」をくり返した。客席の反応は同じだった。気の毒なほどだった。

女の方は、あいかわらず、あらぬ方をみつめながら（まったくやる気がない）マーチにあわせて手だけうごかしている。ふてくされているようだった。早くきりあげて、今晩のおかず考えよう――そんなムードだった。男の方は、そうでもなく、ともかく力を尽くしていた。二人が夫婦であることは、芸名から知れた。ぼくは祖母と一緒に、舞台をみつめていた。

退屈だった。拍手のしようもなかった。とりわけあの女性のふてくされた態度はいただけないと思った。そして、男性の方だって、もう少し、芸をみがいてほしい。「びっくりしたなあモゥ」だけではどうにもならない。それにこの流行語は、すでに五、六年前のもの。シュンをすぎたシャレに、いまだにしがみついてすませているとは、あきれるのをとおりこしてあわれにさえ感じられる……。

ステージはおわった。パラパラと、拍手が送られた。ぼくも、一応、唱和した。祖母は、「あれだけなんかァ」といいつつも、そこそこに楽しんだようだった。それはそれでいいと、ぼくは思った。

それから、もう二十年。祖母はすでにこの世にいない。そのいまは亡き祖母のために、ぼくにこの日のことがよみがえるのだろうか。それもあるが、それだけとも思えない。あれから、あのステージ以上に、いいものをいくつもみた。じょうずな芝居、ハイレベルの歌、おどり。しかしそれらはすべて、この日の陰に流されてしまうように思えることがある。

全くいいところのないステージだった。そこには、一組の夫婦の、くすんだ〝生活〟があるだけだった。なのに、不思議なことに、ぼくには彼らの姿が忘れられないのだ。美しいもの、力を尽くしたもの、心の高さから生まれるもの。だが世の中はそれだけではないのだ。ぼくらにはいつか、それをあてにできない日がめぐってくるのだ。そこをみつめ、のりこえていかなければならないのだ。ぼくはあの日、そういう自分の一日に出かけたのかもしれない。

山林と松林

中学生になってから、学校の図書館や、町の図書館で本を読みはじめた。最初に読んだ詩がどんなものだったのか、はっきりとはおぼえていないが、それは明治時代に書かれた国木田独歩の「山林に自由存《そん》す」だったように思う。

山林に自由存す
われ此句を吟じて血のわくを覚ゆ

ではじまる短いものだ。山林には、つまり自然界には自由があるという意味だろうが、中学生のぼくはそんなことは思わない。もっと単純に理解した。

ぼくの家は、松林にかこまれていたが、この松林が、ここにいう「山林」なのだと思ったのだ。「山林」の木は、松とはかぎらない。他の樹木である可能性もあるけれど、そのときのぼくは、あ、このぼくのところにある松林こそ「山林」なのだ、これはうれしいと思った。遠くにあるものではなくて、いまここにあるものを摘みとられ、高々とかかげられたような気持ちになった。
ある日、ぼくは詩人国木田独歩になった気持ちで、家を出た。そして松林のなかにはいっていった。「山林」の世界にはいったのだ。このときのうれしさったらない。なんでもそうだけれど「あ、あれはこれだ！」と思えたときはうれしいものだ。

嗚呼山林に自由存す
われ此句を吟じて血のわくを覚ゆ

と、繰り返しの一節をたどるころには、さらにぼくは、いい気持ちになって、松林のなかを歩いていたのである。どんどん歩いた。松林の散歩から、帰ってきたときには、ぼくの松林の詩（らしきもの）がいっぱい生まれていた。一冊のノートがその文字で埋まっていたのだ。

家から出たら
松林が回っている
さらに

また次の松林　曲がってる
向こうへ流れ落ちるように
遠い谷のなかへと
一本一本が回りながら
つづく

と、こんなふうなものだったか、どうか。何を書いたのかおぼえていないけれど、ともかくぼくはこの日、生まれてはじめて詩（らしきもの）を書いたのである。

でもほんとうは、詩の「山林」と、ぼくの松林は同じではない。まるっきり、ちがうものだ。どこが、どうちがうのだろう。

すべての文学作品の言葉がそうであるように、国木田独歩の「山林」は、それが書かれたものである以上、「文学的な存在」なのである。

ぼくの家の周囲にある現実の松林ではないし、また、それはどこにもない存在であり、「山林」という作品のなかにしかないものなのだと思う。詩や小説に描かれたものと、身近にあるものとはちがう。二つは似ていても、ちがうのだ。もし同じものだったら、読んだ人はそれほど感動しない。ときめくことはないと思う。これはぼくの松林だ、と思うことはまちがいではないが、少し「山林」とはちがうな、と思う。そのちがいがぼくをさらに、引き寄せていくのである。

文学の言葉は、普通のものに見えるのだけれど、そうではない。どこか夢のようなものなのだ。だからこそ、そこにふだんなら見えないものが見えてくるのだ。それはとても楽しいことだ。詩も小説も、そのような楽しさを感じる人のもとで見えてくる。

目覚めたころ

父も母も、とくに本を読んでいたわけではないので、家には詩の本もなかった。

母の姉、浜礼子おばさん（いまも元気だ）の家に、日本文学全集と、世界文学全集がそろっていた。行くたびに読み、小説のようすにふれた。

中学校の図書館からは中西悟堂、椋鳩十などの動物ものの童話を借りて読んだが、そこにも詩歌は少なかった。

正月には、福井の母の実家に行き、いとこたちと百人一首をした。競争心もあって、たいへんな戦いになったが、歌であり詩ではない。

高校のとき「俳句」という月刊誌で石田波郷の作品に魅せられた。好きなものを書き写した。

以上をまとめると、ぼくは小説、和歌、俳句にめざめ、詩との出会いが遅れたのだ。

社会的にも大きな反響を呼んだ、高見順の詩集『死の淵より』を開いて（高校の終わりごろ）、自由で、するどくて、かなしいことばがあることを知った。大きな活字でゆったりと組まれ、気持ちの流れもみえた。

高見順を追悼する会で、話を頼まれた。町の小さな図書館で話した。そのときの写真が残っている。高校生が、えらそうに話をするとはきいたこともない。でも、この経験はよかった。詩について話をするというのは、とてもむずかしい。きいている人の前で、詩の一節を紹介し、そのあと、感じたこと、思うことをつけくわえる。引用と、感想。その繰り返しである。そのたびにその場の空気だけではなく、自分が、二つに割れることになる。

詩を読むことだけではなく、書くこともまたそうである。ひとつ進んだら、すぐ向きを変える。ときには、そのままどこかに行ってしまう。これが自由に書く詩のおもしろさである。

詩を書くのではなく、詩について話すことからはじまった。話すことで少しずつ、詩に近づいたということなのかもしれない。すぐ二つに割れるので、まっすぐな詩はいまも書けない。

希望

好きになるのは、何も書いてない詩。何もないので、ちょっと困ってしまう詩のことだ。何もないように見えるのに、そこに世界がある。そういうものはまれなのだ。誰にも書けるというわけにはいかないものだ。そう感じさせるからこそ、ちょっと得をした気持ちにもなれる詩。でも困った詩……。

則武三雄《のりたけかずお》（一九〇九―一九九〇）の詩集『三雄詩集』（一九八四）のなかの一編「ガーネット氏」を、ぼくは取り出して読む。

僕はガーネットがすきだ
何時か佐藤春夫が訳していた
ロンドンの郊外に出た男が
5ポンドの贋金をつかませられて
かえってくるとやはり5ポンドに使えた

正真正銘の5ポンド貨だった短編
それから狐になった奥様の作者もやはりガーネットだった
僕もあんな小説が書きたい
日記に書きたい希望を書いている

これでおしまい。ふーん。ガーネットという作家の作品が好きなんだ、5ポンドが、5ポンド、よかったね。「狐になった奥様」？　そんな話もあるのか。ということで、ぼくは瞬時にしてこの詩を畳んでしまう。はい、読んだ。でも、ほんとうは畳むわけにはいかないのだ。ぼくはこの詩に出会ったときから、この詩が好きだった。おもしろいものがあると感じていた。ぼくの目がとまるのは、

日記に書きたい希望を書いている

という最後の一行なのである。予定を書きとめる紙っぺらがなくなったら、さびしい。どんな人でも、そういう紙と文字を持つ。

友だちがいない。心を合わせる人もあまりいない。そんな気持ちで過ごしてきた人は、予定

が入るとうれしい。小さなことでもよい。いや小さなことだからいい。大きな予定とか希望はあまりいいものではないと知っているから。

電話だ。「わかった。二六日の三時ね」。そして予定表をそれにふさわしい小さな文字で埋める。そして、夜中に手帖をとりだし自分の文字を見つめる。あ、いっぱいになった。この日は埋まった。ここはまだ。でもいつか、何かの文字が入るだろう……などと思う。予定のない人生は考えられない。あとから消えてもいい。文字がなくなってもいい。よく変わるから、予定は。

でもこの詩は、予定や希望の「いのち」を追いかけはしない。ただそれがある、ということにふれるだけ。自分に小旗を振るみたいに、静かに。

何もない詩だ。いつか、ぼくもこんな詩を書いてみたい。「ガーネット氏」のような詩を書いてみたい。

そう思いながら読む。

論文の「香り」

『群馬文学全集』第六巻（二〇〇〇）には、上州に生まれ、象徴詩人のさきがけとなった大手《おおて》拓《たく》次《じ》のほぼ全作品と日記が収められている。「藍色の蟇《ひき》」という詩の一節。

太陽の隠し子のやうにひよわの少年は
美しい葡萄のやうな眼をもつて、
行くよ、行くよ、いさましげに、
空想の猟人はやはらかいカンガルウの編靴に。

大手拓次の詩には早くから同郷の萩原朔太郎が注目した。「二人だけで雑誌を出そう」と誘われたこともある。大手は生前一冊の詩集も出さなかった。好きな人はいたものの独身をとおし、四六歳で亡くなった。葬儀に参列した人で、彼が詩人であることを知っていたのは北原白秋、室生犀星、萩原朔太郎ら四人だけだったという。でも彼は、詩の他にも、いくつかの文章を残していた。

大正五年（二八歳）、ライオン歯磨本舗本社広告部に就職。文案（いまでいうコピー）を書く仕事だった。また関連の論文も書いた。「文案の立体的価値」では、「中元の広告やクリスマスの広告などは、最も平面的であつて……ああいふ古い方法は絶対にやめたいと思ひます」。良い文案が生まれるには、それを書く人の「気分の安静、気分の自由、気分の溌溂《はつらつ》」が必要であるという。ではどうしたらいいのか。

「今の吾吾の机《テーブル》の位置を銘々にしきりをこしらへて、仕事中は他の人の顔と向ひあはないやうにしたらよいと思ひます。高い（六尺位）衝立《ついたて》の如きものをたてて、各の机を区切つたらよいと思ひます。」

どの職場も狭い場所に机を並べていた。「机を離せ」「仕切れ」は、当時としてはとても新しい、めざましい考えである。

また「『香水の表情』に就《つ》いて」という論文もある。「香水の表情」を知るには、「男女別々に試みるのがよい、風のない日がよい、全裸体で感受して試みれば更によい」と書く。これは論文には見えない。その言葉もリズムもまるで詩みたいだ。こういう文章もひとつの「香り」なのかもしれない。また香水が放つ「感じ」には二五種類があり、「速度感」「重量感」「形態感」「音響感」「時刻感」「言語感」「年齢感」「韻律感」「方位感」「振幅感」「運命感」などであると。えっ。「運命感」って、なんだらう？

当時は「クオリティー」も「テイスト」も「ニュアンス」も「コーディネート」もない。そんな「型」にはまった言葉ではなく、彼が使ふような「文学的な」言葉で思考を組み立てることができた。「全裸体」も「運命感」も、いまから見ると素朴にすぎるかもしれないが、他からもらったもの、その世界に合わせたものではなく、手もちの言葉を用い、その働きを十分に生かして、ものを考える人のほうが、上等だと思う。そのほうが、言葉をつくる人と見る人の心も結びつくのではなかろうか。

言葉をもつ人は、いつの時代もさみしいらしい。彼は恋をした。ある日の日記。

「今日もｎさん見えられず。いろいろ考へてはさみしくなる。店にゐても、はりあひがなく、もうぼんやりとしてゐる。のり。」

最後の「のり」は、海苔である。海苔でごはんを食べたのだ。彼は次の日も仕事に出た。机に向かった。

詩の山々

教科書以外の場所ではじめて読んだ現代の詩は、河井酔茗《かわいすいめい》（一八七四―一九六五）の作品だ。それはたしか「高い山、低い山」とかいうものだったと、長い間そうおぼえていた。『愛蔵版　現代日本文學全集』（筑摩書房）の第八九巻『現代詩集』（一九六二）は、明治・大正・昭和の詩人七五人の主要作を収めたもので、その最初に置かれた人が、河井酔茗である。この本をぼくは、高校の図書館で読んだのだ。

「高い山、低い山」とおぼえていたものは、「山の歓喜」という作品の一節であることが、このほどわかった。岩波文庫『酔茗詩抄』より。

あちらむく山と
こちらむく山と
合つたり
離れたり

出てくる山と
かくれる山と
低くなり
高くなり

記憶したものとは少しちがっていたが平明な作品であることに変わりはない。その平明さに、これを読んだときのぼくの思いが還ってくるようで、なつかしさを感じる。「出てくる山」「かくれる山」という表現も印象的だ。

河井酔茗の詩は、はじめて詩を読む人に親しみをもたせるもので、読む人はまわりをみわたして、ひとつふたつ自分でも詩が書けそうな気持ちになる。

「さまざまの形して／みなうごく／その手を伸ばせ。」（「彫塑室」）。これは彫刻か何かが並ぶ部屋で、着想したものだろう。特別な世界ではないので、読者も無理な姿勢をとらず、そのままうけとめられる。

酔茗の詩で、現代の読者にもっとも知られているのは「ゆづり葉」であろう。詩集『紫羅欄花《あらせいとう》』（一九三二）の一編だ。前記文学全集より新字で引用。

子供たちよ。
これは譲り葉の木です。
この譲り葉は
新しい葉が出来ると
入り代つてふるい葉が落ちてしまふのです。

こうはじまる詩「ゆづり葉」は、こう結ばれる——。

世のお父さん、お母さんたちは
何一つ持つてゆかない。
みんなお前たちに譲つてゆくために
いのちあるもの、よいもの、美しいものを、
一生懸命に造つてゐます。

今、お前たちは気が附かないけれど
ひとりでにいのちは延びる。

鳥のやうにうたひ、花のやうに笑つてゐる間に
気が附いてきます。

そしたら子供たちよ。
もう一度譲り葉の木の下に立つて
譲り葉を見る時が来るでせう。

何度読んでもいい詩である。心にひびく詩であると思う。河井酔茗は、詩人としての自分の才能を誰もいないことばの原っぱで、思う存分にひろげることができる立場にあったかもしれない。でも、彼は自分一人の詩を切り開くことにさほど情熱をもたなかった。早くから後進のため、これから詩を書く人のために、その土壌となるような詩を書いた。そういう人かもしれない。ぼくが当時の芸術派の詩人たちよりも、余計に河井酔茗の詩が好きなのは、「詩を書く先輩」を仰ぐような気持ちがわきおこるためである。

自分のためというより、そのあと来る人のために詩を書く。そのためのことばを磨く。そこに、この詩人の存在の、とうとさが感じられるように思う。「牛」という詩は、電車が通る交差点で、牛飼に引かれた牛が、立ち往生。

「交通巡査は大手をひろげて牛飼に加勢する／電車の運転手はハンドルを持つて降りてくる」のどかなありさまをゆったりと描いた佳品。よくはわからないが、ひところまでの電車のハンドルは「とりはずし」ができたのかもしれない。山や薬だけでなく、都会のようすも伝えた人である。

きょう・あした・きのう

室生犀星といえば『抒情小曲集』（大正七年）の一編「小景異情」の、「ふるさとは遠きにありて思ふもの」の一節があまりにも有名だが、ここでは昨日、今日、明日という三つの日を歌った詩を選んでみた。『新潮日本文学13室生犀星集』（新潮社・一九七三）より、まずは今日についての詩「けふといふ日」の冒頭——。

時計でも
十二時を打つときに
おしまひの鐘をよくきくと、
とても　大きく打つ、
けふのおわかれにね、
けふがもう帰つて来ないために、
けふが地球の上にもうなくなり、

ほかの無くなつた日にまぎれ込んで
なんでもない日になつて行くからだ、
茫々何千年の歳月に連れこまれるのだ、

このあと、この詩は「そんな日があつたか知ら」と思われて、「けふといふ日」が消えていくことを告げる。たしかに今日は、またたく間に消え失せる。はかない。では明日はどうなのか。犀星は「明日」という詩も書いているのではないかと思ってさがすと、あった。その全編。

明日もまた遊ばう！
時間をまちがへずに来て遊ばう！
子供は夕方になつてさう言つて別れた、
わたしは遊び場所へ行つて見たが
いい草のかをりもしなければ
楽しさうには見えないところだ。
むしろ寒い風が吹いてゐるくらゐだ。
それだのにかれらは明日もまた遊ばう！

此処へあつまるのだと誓つて別れて行つた。

こんなところがおもしろいの？　こんなところに明日も来るの？　と思うようなところで、子供たちは遊んでいるものだ。子供だけの話ではない。人は各自このように、よろこびに思うことを持って、今日は楽しかったから明日もここに来れば楽しいと思うものだ。「今日」と「明日」がこんなふうにつながるために、誰もが人生を過ごしていくことができるのだと思う。

でも何が起こるかわからない明日のことなんて、書くことなどできない。正確にも不正確にも書くことはできない。この詩も明日のことではない。今日という時点に立って、明日のことを話題にしたのだ。

明日のことはわからないが、一日が少しでも残されているところで思うからには、今日のことだって書くことはできない。だが昨日は完結している。こっちのものだ。犀星は「昨日いらつしつて下さい」という題で、昨日についての詩も書いた。「けふといふ日」や「明日」よりも、この詩は知られているものである。

きのふ　いらつしつてください。
きのふの今ごろいらつしつてください。

そして昨日の顔にお逢ひください、
わたくしは何時《いつ》も昨日の中にゐますから。
きのふのいまごろなら、
あなたは何でもお出来になつた筈《はず》です。
けれども行停りになつたけふも
あすもあさつても
あなたにはもう何も用意してはございません。
どうぞ　きのふに逆戻りしてください。
きのふいらつしつてください。
昨日へのみちはご存じの筈です、
昨日の中でどうどう廻りなさいませ。
その突き当りに立つてゐらつしやい。
突き当りが開くまで立つてゐてください。
威張れるものなら威張つて立つてください。

いい詩だ。決然とした詩だ。「昨日へのみちはご存じの筈です」とか「威張れるものなら威張つて」は、女性のことばなのだろうか。何かがあって、こんなことといわれてしまったのか。あるいは先回りして思ったのか。いろいろと想像できるが、作者は昨日と今日では人間は変わること、今日は昨日のままではない、新しい世界なのだということを大きな声で、なにものかに向けて叫びたかったのかもしれない。

こうしてみると昨日は、明日よりも今日よりも内容の濃いものであるらしい。昨日のことは、とりかえしがつかないだけに、人を強く引きつける。犀星は永遠や遠い過去だけを歌う人ではなかった。昨日、今日、明日という身近な日の底にあるものを真剣に見つめた。だから今日からも明日からも、昨日からも詩が生まれたのだ。

いまも流れる最上川

網野菊（一九〇〇―一九七八）の作品集『一期一会』（講談社・一九六七）は翌年、第一九回読売文学賞と、第二四回日本芸術院賞を受賞した。表題作「一期一会」（一九六六）は『一期一会・さくらの花』（講談社文芸文庫・一九九三）に収録、版を重ねた。手元にあるのは、二〇〇五年一月二五日、第六刷。

「一期一会」は歌舞伎役者、八世市川団蔵（正しくは「團蔵」、作中では新字）のこと。団蔵は生真面目で、克明な芸風だが、「花」がないといわれた。著者はそこにみずからの姿をひそかに重ねていた。団蔵は、四国巡礼を終えたあと播磨灘に入水。その最後の旅路を思い描き、人生の哀感を深める。精美な私小説を書きつづけた作家の後期の代表作だ。

『一期一会』の著者の「あとがき」は五〇〇字程度。一頁に収まる短いものだが、印象的だ。日付は一九六六年一二月。その一節。

〈「日々是好日」は高村光太郎氏と智恵子夫人との仲だちとなつた柳八重子夫人が愛着を持つて下さつた。「少年すり」は滝井孝作さんがほめて下さつた。「楽屋」は芝居好きの故安倍能成先生が、「読みましたよ」と云って下さった。「おもかげ」は故小山清さんが気に入って下さった。〉……

四人の氏名などをあらためて記すと、柳八重子（画家柳敬助の妻・一八八三―一九七二）、滝井孝作（小説家・一八九四―一九八四）、安倍能成（評論家、哲学者・一八八三―一九六六）、小山清（小説家・一九一一―一九六五）。「あとがき」の時点で、柳八重子、滝井孝作は存命。安倍能成はその年（一九六六年）の六月七日、小山清は前年の三月六日に他界。網野菊は亡くなってまもない安倍能成、小山清のおもかげを浮かべながら、この「あとがき」を書いたのだろう。それにしても、一つ一つの自作が「読まれた」ことを記す文章は興味深い。もちろん各作品は、四人だけに読まれたものではない。少数ではあれ、純文学の読者、網野菊の読者に読まれたことだろう。だが、「読みましたよ」というふうに、作者のもとにじかに届くことばは、読まれたことの確実なしるしだ。そのよろこびを網野菊はすなおに書き表す。顔の見えない読者の存在を思い描きながらも、作家はじかに届いた声で励まされ、これからも書いていこうという気持ちになるのだ。知られた作家でも、その作品が読まれることは少ない。とはいえ、読まれたしるしを具体的な氏名を挙げて書きとめる「あとがき」は稀少だ。

いっぽうで最初から、読まれることを意識しない作品がある。ひろく読まれる機会を与えられないところで書かれる作品だ。一九五三年に刊行された、ハンセン病の人たちの合同詩集

『詩集　いのちの芽』（大江満雄編・三一書房）は、読まれることを作者たちが意識しないという点では、代表的なものかもしれない。

『詩集　いのちの芽』は二〇二三年二月、国立ハンセン病資料館（東京都東村山市）から、七〇年ぶりに新装復刊された。学芸員・木村哲也らの尽力による。非売品。〔追記　二〇二四年八月、岩波文庫で刊行〕。同館での企画展〈ハンセン病文学の新生面――『いのちの芽』の詩人たち〉（二〇二三年二月四日―五月七日）は、ＮＨＫ「ニュースウオッチ９」や全国紙が伝えたので知る人もいるかもしれない。会期中の四月一日には同館で、小泉今日子による朗読会〈詩集『いのちの芽』を読み継ぐ〉も開催された。

国は、一九〇七年（明治四〇年）「癩《らい》予防ニ関スル件」を制定、患者の隔離政策を始めた。それを維持・強化した一九三一年の「癩予防法」を経て、一九五三年には「らい予防法」を制定、療養所への入所命令、外出制限など旧法を引き継いだ。一九九六年の「らい予防法」廃止まで、「癩予防ニ関スル件」から数えると約九〇年間、患者・入所者（プロミンなど治療薬で治癒したが社会生活が困難な人など）は、いわれなき差別と偏見によって、苦しく暗い日々を送った。それは想像を絶する過酷なものだった。

『詩集　いのちの芽』には、全国八つのハンセン病療養所から七三人が参加。二二七編を収録。家族を思う詩、絶望的状況のなかで人間とは何かを考えるものなど多様。家族への配慮から本名、履歴を明かさない人も多い。題、作者、作品だけが記されたものがほとんどだ。以下、原文の字句で引用する。詩の題に「　」を付ける。

「面会」　　上野青翠

さわっ
さわっ
さわっ
落葉をふんでくる
足音。

あれは母だ
千里眼のように
わたしはベッドの上で
透視していた

やっぱり
母の面会だった
落葉のつもった
秋の朝。

母が、面会に来たのだ。その足音から、お母さんだとわかったのだ。素朴なつくりの詩だが、心揺さぶるものがある。

「最上川」　宗方サチ

最上川は私の家のそばだった
夏はよく遊びに行った
最上川で私は友達と二人でおよいだ
あの長い長いはしも二人でわたった
(あれが最後だった)

もう友達ともあえなくなった
最上川にも行けなくなった
でも　もう一度行って見たい
最上川で遊びたい
早く私はもとのようなからだになりたい
あの時のように
最上川であいたい。

「もとのからだ」ではなく「もとのようなからだ」と控え目に書くところに、作者の苦しみがにじむ。行のあきを重ね、息をととのえながら、悲しさと夢を書き表した。

「傾斜」　　奥　二郎

星が一つ
赤銅色に光りながら
水のない
沼の中に落ちていった

鳥は塒《ねぐら》からおち
獣らは黒い息をはき
草は枯れ
大地もしずかに
黒い息をふいている
私は人につまづき
地につまづく。

斜面を歩く作者。地面につまずくだけではなく「人につまづく」側面にふれる。おそらく療養所内での人間関係が影を落としているのだろう。底ぶかい表情がよみとれる、完成度の高い一編だ。「人につまづく」を、「地につまづく」の前に、隠れるように置く。作者の人柄が感じられ、心に残る。

詩の作者たちは、各地の療養所で発行された雑誌に作品を書いていた。一般の書籍も自由に入手できない。手本となる詩歌の本も十分に読むことができない。でも他の地域の療養所で詩を書く人たちとの交流はあったようだ。ときには、遠いところから、「読みましたよ」の声も届いたかもしれない。それを支えに、書きつづけた。雑誌発表だけではない。謄写版の詩集、島村静雨『冬の旅』（岡山県邑久郡裳掛村虫明、村田弘方、橘香社・一九五五）など、自作をまとめ、詩集を出す人もいた。またそれを二冊目、三冊目と継続する書き手もいた。いずれもほんの一部の人だけが読むものだった。でもそこでは表現にも思考にも深化が見られた。

「私の生活」　志樹《しき》逸馬《いつま》

私はあたかも光の中にあってその色を、空気の中にあってその形を、闇の静けさの中にあってその語る言葉を問われているにひとしい。

——難解の時を私は刻んでいるのである。

志樹逸馬は一九一六年、「東北の地」の生まれ。短い詩だが、密度が高い。「難解の時を私は刻んでいる」は、みずからの内部を濃縮したことばだ。ここで、彼より四つ年下の、戦後を代表する女性詩人、石垣りん（一九二〇―二〇〇四）の短い詩「唱歌」と比べてみたい。『石垣りん詩集』（岩波文庫・二〇一五）より。

「唱歌」　石垣りん

みえない、朝と夜がこんなに早く入れ替わるのに。
みえない、父と母が死んでみせてくれたのに。

みえない、
私にはそこの所がみえない。

（くりかえし）

「父と母が死んでみせてくれたのに」、それなのに、人生のことはいまだにわからない、いまも見えない、というフレーズは印象度の高いものだ。胸を打つ。石垣りんの代表作の一つだ。最後の「（くりかえし）」は、唱歌なので、以上のフレーズを繰り返して歌うという意味で付けられたもので、原文のままの引用である。念のため。

「朝と夜がこんなに早く入れ替わるのに」は、一日一日がとても早く過ぎていくのに、という意味の文学的表現であり、熟練の技が感じとれる。志樹逸馬の「私の生活」は、どうか。「あたかも光の中にあってその色を」「空気の中にあってその形を」「闇の静けさの中にあってその語る言葉を」というのは、かなり、奥まった、それこそ「難解な」表現だ。自分にもはっきり感じとれないほどの知覚領域に入り込んでいるようすが感じとれる。だが、人は自分についてしっかりと考えていくとき、真剣に目をこらすとき、こうした晦渋な表現に至りつくものなのだ。現代の詩を難解だ、無縁だ、無用だ、別世界のものだという人は多い。でも果たしてそうだろうか。もしその人がその人自身について思考を徹底させたとき、このようなことばの世界と同じような光景がそこに開かれていくのではなかろうか。それは誰にも起こる、自然なできごとである。詩は決して異様なものではない。身近なものだ。

石垣りんの「唱歌」には、詩を読む人の存在を想定し、表現を凝らした形跡がある。詩人として当然そうでなくてはならないものがそこに示されているのだ。みごとなものだと思う。いっぽう志樹逸馬の「私の生活」は、自分の思考をきわめようという原初の時点にとどまっており、人に読まれるという意識の外側にいる。それだけに至純なものだ。「読まれること」を想定しないのに、詩が熟成する、精度をかちえていく。ひとりでにそうなっていく。それがこの詩だけではなく『詩集　いのちの芽』の作品の特色である。
詩のなかに出る「詩集」ということばにも注目したい。一節を引く。

大きな星の隣に
小さな星がまたたいている
雨の降る穴だろうか
星は皆濡れている様に見える
山の端にあった円い月が
何時の間にか
黄を失って
松の梢にかかっている
窓は私の詩集である

（上丸武夫「窓」）

また、山川きよしの「掌《たなごころ》のうた」には、「掌は故郷のにおいのする詩集である」という一行もある。二人の詩の「詩集」は、自分の目に見える世界が、すべての世界だという切々たる思いから生まれた。不自由な日々を過ごす人たちにとって「窓」から見えるものがすべて。自分のてのひらも、世界を映す鏡だ。限られた視界を生きる。それが彼らの日常だった。『詩集　いのちの芽』には、樹木、草花、月と星や、小鳥、昆虫などの小さな生き物が登場するが、犬や猫などペットは出てこない。飼うことができなかったのだろう。それはとてもさみしいことだったはずだと、ふと思う。

奥二郎「景色」は、近くの道を歩いたときにつくられたものだろう。美しい山脈が見え、合歓《ねむ》の花が匂う、夕暮れ時。その一節。

その花は
ほんとうに
匂いはじめたのです

だが

そんなに静かな景色が
いつのまにか
私の眸《ひとみ》の中で

歪みながら
くずれてゆくのです。

視界が「歪む」ことで暗転する。穏やかな視界が失われる瞬間が、鮮やかに表現された。このように詩は、長さをもつために、思考の変化や波動、あるいは転換をしるすことができる。

短歌では、どうなるか。名歌を二つ挙げてみる。

「ころがりしカンカン帽を追うごとくふるさとの道駈けて帰らん」寺山修司。「ちる花はかずかぎりなしことごとく光をひきて谷にゆくかも」上田三四二《みよじ》。二つともぼくがよく思い浮かべる、大好きな歌だ。寺山修司の作品は、ふるさとに帰るときのうれしさをまっすぐに、端的に表現したものだ。上田三四二の作品は、谷へと落ちていく花びらの美しさを鮮やかに描き出した。どちらもそのときの作者の感動をとらえたもので、その感動は一首のなかに固定される。だが、そのあと気持ちがどうなったかは書かれていない。総じて、三十一文字はそのような空間をもたない。短歌よりさらに短い瞬間を生きる俳句も同様だ。「蝶々のもの食ふ音の静かさよ」高浜虚子。「愛されずして沖遠く泳ぐなり」藤田湘子《しょうし》。いずれも名句。

極限状況のなかで苦悶し、思考が気ぜわしく変転する療養所の人たちにとって、時間を固定する定型詩は近しいものではなかった。小説は、伝達の点では速いが、通念に流れやすく、濃厚で複雑な個人の内部を抱えきれない。ハンセン病の青年を主人公とする不動の名作、北條民雄「いのちの初夜」（一九三六）を超える小説は、戦後、現れなかった。『詩集　いのちの芽』に集結した詩作品が、戦後のハンセン病文学を担うことになった。

読まれることの意味は一様ではない。こまかくしっかり読んだからといって読むことにはならない。さっと読んだだけなのに心の中心が慄えることもある。書かれたものがもつ大切な部分を自分のものとして受けとめる。それが読むことだ。でも彼らの詩は、さらに冷たい場所に置かれていた。読まれる機会をほとんどもたなかったのだ。でも、それでも作者たちは、意識を研ぎ澄まし、自分のことばを磨き、詩歌の神髄を光らせた。それが人間の究極の能力なのだと思う。そのことをあらためて見つめておきたい。

現代は、書かれたものがほとんど読まれずに放置されるという時代だ。読まれている、というふれこみで大量の作品が出回り、話題にはなるが、それは表面だけのこと。放置されるのは『詩集　いのちの芽』だけではない。すべての人間の作品がそのような状況にさらされている。だから「読まれる」という世界に、のみこまれてはならない。これからは「読まれる」ことについての、新しい尺度が必要だと思う。おそらく宗方サチの詩「最上川」は、この先も読まれることはないだろう。でも書かれたものは、書かれたという世界のなかに残っていく。詩のなかの最上川は、いまも流れていくのだ。

詩の形成

詩は、一望できる。ことばはどのように現れるのか。それを静かに見ていくのも楽しい。『詩の中の風景――くらしの中によみがえる』（中公文庫・二〇二四）は、戦後詩を代表する女性詩人、石垣りん（一九二〇―二〇〇四）が心に残る詩五〇編余りを紹介し、短い感想を添える一冊。初刊は一九九二年。

日々の暮らしから生まれた詩が多い。どれも素晴らしい。詩の引用はゴシック体だが、ここでは明朝体にする。

清岡卓行「上野」は青春期と現在を、独特のルートで結ぶ詩だ。「――家庭のない創造のみじめさ。」という一行へ石垣りんは駆け寄り、家庭をつくることとは別方向を歩き通した自身の思いを重ね、詩が創り出す深みへと導く。この詩のなかの「夢こそは現実」が歳月を経て「現実こそは夢」に変化するように、一定の長さをもつ詩は、時間の経過を示すことができる。「上野」はその利点を生かした作品でもある。

中勘助「はつ鮎」。竿をもたない老人が来たら「すこし席をあけて／釣りを見せてやってください」。その半身不随の老人が「私」の亡くなった兄であることは、最後の行で明かされる。「現世の人に彼岸の人を交えて偲ぶ、祈りにも似たこの詩を前にするとき、私の中でも一つの堰《せき》が切れ、熱いものがあふれます」。ここでも詩の核心にふれる。詩の内側にだいじなものがあるので、こうした「読み方」が出る。「読み方」が初めから存在するわけではない。それが詩を読むときの世界だ。

高田敏子「布良《めら》海岸」は、一三行の詩。八行目は「私の夏は終っていた」である。「その表現は読む者の思いを、引いてゆく波の力で誘い込みます」。この「私の夏は終っていた」は通常、詩のなかほどではなく終わりに現れていいものだが、高田敏子は八行目に置く。中心となる部分を早めに打ち出すのだ。いったん重荷を下ろすかのように。そして、あとをつづける。この少し早めに出すことがこの詩のよさ、美しさを支えているようにぼくには思える。

田中冬二「汽船」は、六〇年以上前の子ども時代の回想。越中へ帰る祖父と祖母を、秋田の土崎港から見送る。別れ際、「祖父が私の掌に一枚の銀貨を握らせた」が、父が辞退させる。この少しこみいった一幕を入れることで、最終行「私も老いました」の哀感が深まる。田中冬二は七歳のとき、父と死別。「この詩の場面に据えた作者の視点を、ぐっと背丈の低いものにしています」。あたたかくて鋭い、詩の見方だ。他にも、藤原定「あの言葉」、木山捷平「遠景」、千家元麿「三人の親子」など心に刻まれる詩が並ぶ。

詩のことばは、思いのほか変化に富む。位置と方向。力の配分。敢えて中心を見えづらくするような書き方。早めに主題を繰り出す手法。何かしらないが、何かをしている、ことばの気配。一度だけふらりと出るもの。それぞれが一編の詩の形成に向けて、大切な役割をになう。さまざまな要素が浮いたり、沈んだりする。

こうした詩の風景は、現実社会のなかで、たとえば会話や会議などに見られるものとほぼ同質のものであり、特別なものではないように思われる。初めて目の前に置かれたことばに、どう向きあうのか。そのときの経験を、どう表現していくのか。分かちあうのか。『詩の中の風景』は、その鮮やかな先例となる。

涼やかな情景

「他界より眺めてあらばしづかなる的となるべきゆふぐれの水」

戦後の代表的歌人、葛原妙子《くずはらたえこ》（一九〇七―一九八五）の名歌だ。金子冬実『まぼろしの枇杷《びわ》の葉蔭で――祖母、葛原妙子の思い出』（書肆侃侃房・二〇二三）は、葛原妙子を、孫である著者が回想する一冊。祖母・妙子が亡くなるのは著者が高校二年のとき。淡い記憶をたどり、書きとめる。

葛原妙子は、東京・大森に住んでいた。応接間にはさまざまな品々があった。テーブルは自身のデザイン。「うすらいで軽やかなようで、どこかしっとりとした重みを感じられる。祖母の作り出す意匠はそういうものが多かった」。内装では「美」を追求した人だが、整理整頓は、不得手。「私が知る限り、掃除も自分ではせず、祖父にやらせていた」。気になることがあると、すぐ書きとめる。普段の生活が、歌のなかに入ることもあった。「何気ない日常の会話や出来事が、祖母を通ると美しい歌になって出てくる」。その「からくりが、子ども心に何とも神秘的」に感じられたという。

葛原妙子は「歌人九割、家人一割」（三女のことば）。いい歌を書いて名を成したいという思いを、家族の前で隠さない人だったが、「庶子という自らの生い立ち」も影響したかもしれないと。葛原妙子には、四人の子があった。「早春のレモンに深くナイフ立つるをとめよ素晴らしき人生を得よ」「奔馬ひとつ冬のかすみの奥に消ゆわれのみが累々と子をもてりけり」。「家人一割」の座からも奔放、豊潤な歌が生まれる。

葛原妙子は、室生犀星を敬愛した。でも犀星をかこむ座談会では、自分の意見を出すことに気をとられ、とんちんかんなことを言ったとは面白い。葛原妙子は才人によくあるように、変なところもある人。でも、変な人であるが、同時にとてもよき人でもある。その魅力を、子どものときに感じとるのはいたってむずかしいことだ。著者の感受性が随所に光る。

特に印象的なところは二つ。〈ひとりの芸術家が死んだ時、その人物に、同じジャンルの芸術家の「親友」がいるかどうかは、実に重要な問題だと最近思うようになった〉と著者。葛原妙子と、九歳下の歌人、森岡貞香の交友。「魂の命ずるままに切磋琢磨しあった」二人の歳月は胸に残る。こうしたことはとても重要なことなのに、故人を思うとき、ほとんどの人が見過ごすものである。

もう一つ。葛原妙子は、医師である夫（著者の祖父。さっき掃除をしていた人です）と仲が悪かった。祖母をまじえた語らいの場でも、祖父は黙って聞いている人。でも祖父は「優しい人」だった。祖母が亡くなったあと訪ねたとき、「おばあちゃんとのことについて、色々な人が色々なことを言っているだろう。あれはみんな違うんだよ」と、祖父はぽつんと言った。それぞれの孤独を抱えながら人は生きている。そのことを「私は祖父母の家で学んだのだった」。最後は、大きな枇杷の木があった、祖母の家の跡地を、ひとりで訪ねるところで終わる。

静かで、涼やかな文章から、遠い家族の情景が見えてくる。ぼくは胸がいっぱいになった。ここに書かれた人たちのなかに、これを読む人がいる、あるいはそのまわりの人の姿があるように思えた。描かれたひとりひとりに親しみを感じる。そんな一冊である。

キアロスタミと詩と世界

アッバス・キアロスタミの映画「風が吹くまま」（一九九九）には、詩の一節が登場する。地下の牛舎で、乳搾りの娘と、出会う場面。停電らしく、暗闇のなかで対話。そのとき、主人公ベーザードは、詩の一節をよみあげるのだ。

それはフルーク・ファルロークザードという現代イランの女性詩人の作品だ。「私の家に来るなら／やさしい人よ／明かりをください／小さな窓から／にぎやかな街を眺めたいから」というようなフレーズである。詩は「風が吹くまま」ということばで終わるので、ここから映画の題が採られたらしい。

フルークという詩人を知らない娘は、同じ名前の人が近所にいる、と答える程度だが、闇のなかを流れる詩の声を、静かに聞いている。暗いのでよくわからないが、多分そうだと思う。そのあと、主人公が、「詩というのは、勉強しなくても書けるんだ」といいそえたのも印象的だった。とてもいいことばだと思う。娘は終始、顔を見せない。

ラストに近い場面。村のおばあさんのための薬をとりに行くことに。主人公は、年輩の医者のバイクのうしろに乗る。この世のどこまでもつづくようにひろがる、美しい、金色の麦畑を、バイクは走る。医者は「死は最も残酷なものだ。こんなに美しい世界が、もう見られなくなってしまう」という。そのあと、医師は、詩をよみあげる。

「天国は美しいところだと人は言う／だが私には／ブドウ酒の方が美しい／響きのいい約束より／目の前のブドウ酒だ／太鼓の音も／遠くで聞けば／妙なる調べ」。

これは『ルバイヤート』で名高い、ペルシアの詩人オマル・ハイヤーム（一〇四八―一一三一）の詩の一節らしい。フルークとハイヤームの詩は、原文がわからないので、こちらで改行し、表記の一部を変えて引用した。

イランは、詩の国。古代ペルシアから、詩の華が咲き誇った。詩が、映画のなかに出てくるのは、とても自然なことである。アッバス・キアロスタミ監督も、詩の国から生まれた。

「風が吹くまま」の日本公開で、キアロスタミ監督が来日したとき、対談した。一九九九年一〇月のことだ。その内容は、「映画、そして詩」と題して「イメージフォーラム」第三号（二〇〇〇年一月・ダゲレオ出版）に掲載された。

「風が吹くまま」について、キアロスタミ監督は、五日間にわたり、多数の記者や編集者のインタビューを受けたあとだった。ほとんどの人が、映画のテーマや、制作上の苦心、撮影の技術的な面について質問をしたらしい。この映画の構成要素の一つである詩について訊ねる人はいなかった。その点少し不満だったようだ。監督は、「今日はいい日になるでしょう」と述べて、詩の話をした。とてもうれしそうに、たくさん話してくれた。

「詩はイランの伝統的文化のなかではもっとも一般的なものだと言えます。読み書きできない人たちも、自分の気持ちを表すために日常的に詩をもちいます」。「そういった日常のなかにある詩のはたらきをこの映画でも表現しています」。古典的な詩人ではハーフェズ（一四世紀の詩人・ハーフィズとも表記）がいること、その詩集は「聖なる本のようにどこの家にもあり、みんなが日常的に読んでいます」と。そのあと、こう語る。

「同じ詩をくりかえし読んでいても、その詩の意味が読んでいる人間にいつも立ち現れてくるとはかぎりません。したがって、秘密をたくさんたくわえている詩は、みずからを一度しか開示していないかもしれない。その一度は、読み手がその詩と交感し、その意味を発見するときです。それは愛のようなものです。何度逢っていても愛するわけじゃない。だけど、ある日ある時、一瞬のうちに愛がめばえる。」

詩が読まれている国の人には、ごく普通のことなのかもしれないが、ここに示された詩の理解は十分なものだと思う。「風が吹くまま」に登場する詩は、さほどむずかしい表現をとったものではないが、ことばの内側に、いくつもの心の影をよみとることができる。特別な芸術性をもつ詩ではなく、平明な詩に光をあてることができるのは、伝統の豊かさであり、深さだと思う。散文に支配された日本では、まず理解できないことだ。散文は「見える」現実をこまやかに写し取る。「見える」ものだけを重視し、「見えない」ものをうっとうしいと感じて遠ざける社会では、世界の半分を見失うことになるかもしれない。詩を読むことは「見えない」もの、すぐには「理解できないこと」について取り組む姿勢を育てることでもある。散文も大切だが、詩も大切だ。どちらも、ことば通りには行かないことが多いけれど、それでも、ものを見るとき、考えるときに、二つの情景が人間には必要なのだ。

「風が吹くまま」では、詩が重要な位置を占めている。穴掘りの男も、乳搾りの娘も、死が間近のおばあさんも、TVクルーの人たちも、姿を見せない。姿を見せないのに、それぞれに、たしかな存在感がある。こちらはそれを感じることで、彼らと結びつく。心を通わせる。「見えない」ものを「見える」ものと交感させる。それは、「見えない」世界を、ことばの新しい組み換えによって「見える」ものにしていく詩のはたらきに通じる。

さらに、もう一つ。携帯電話（当時はまだ一般的ではなく、場所によって通じないことがとても多かった）が登場するのも、おどろきだ。それを手にしながら、物語が進むという空気もある。文明の利器を、奥深い昔ながらの村に対置させた。その関係は大胆であり、新しいものだと感じた。

近代の詩は、美しいものをうたうときも、哀しいことをうたうときも、同じ。自分の好みにあうものを選んで、詩趣を保った。現代の詩は、いまあるもの、起きていることを対象とし素材にする。それが、たとえ自分に都合のわるいものでも、敢えて向き合う。そこに、これまで見えなかった詩が、隠れていた大切なものが見えてくる。「風が吹くまま」は懐かしいものを、滅び行くものを、そして、いまあるものを、その手に抱えたのだ。その意味でも、新しい作品なのだとあらためて思う。

第3章　文学をよむ、書く

すてきな作品を読んでいると、これをいま読む人は、もしかしたら、あまりいないのではという気持ちになることがある。多くの名作と呼ばれるものも、人々の動きもあって、次第にかすんでいく方向にある。作品名を知るだけ、あらすじを知ることだけでも、読書が完成する。そんな時節になったのだとしたら、読まれるということについての見方を切り替えなくてはならない。

読まれない。でも、それでも、書かれていくことがある。たとえ読まれなくても、「書かれている」ことを、たゆみなく示していく。それが文学の不動の歩みなのだと思う。

峰

ほら、向こうから歩いてくる人、あれ、ご主人じゃないの？　「そうかもしれない」。別段どうということもない。よくある話である。詩人・作家、耕治人《こうはると》の短編「そうかもしれない」はちょっとちがう。

〈私は家内の手を握っていたが、冷い。やはり涙はとまらない。〉

妻は呆けて、老人ホームに入っている。ある日、寮母さんに付き添われて、「私」の病室にやって来る。「私」は、そのとき、はなみずを拭いていた。

〈このあいだに「ご主人ですよ」と言われたとき、「そうかもしれない」と低いが、はっきりした声でいった。／私は打たれたように黙った。私は入院して、家内の食事の支度もしないし、体も拭かない。ＢＭホームにお任せしている。だから、「この人があなたのご主人ですよ」といわれても、家内は返事の仕様もなく、「そうかもしれない」といったのであろうか。〉

八十歳をこえた夫婦の、いまにして〝最後〟の対面である。

ところで。「そうかもしれない」という妻のことばは、いったい何ものなのだろうか。どうみてもこれは、彼女の知覚がにぶっているためと思われる。「私」は、そうはとらえない。「私」は以前のように、妻の世話をしていない。自分もまた動きのとれない体になってしまったからだ。妻は、そんな亭主をみて、ひやりと皮肉の一つもあびせたのではないか。「私」は反射的に、そう、とらえる。

落ち着いて考えれば彼女の神経の〝かげり〟が、さきのことばを生んだのである。ことばが人につながっていることは誰にだってわかる。ふつうなら、そう考えて胸にしまっていい。忘れてもいい。だが「私」には、そんな〝理〟を通す道という道が尽きはてている。ことばははだかのまま、とびこんでくる。とびこんできたら、そのもっとも重い意味を選んでしまうのだ。この、作者の、いわば〝誤解〟こそ踏みつけにはできないもの、この作品の美しい峰のような部分である。

ことばにみとれる、ということを軽くみてはならない。人にみとれることは、よくある。そして、その方がたいせつなこととみられている。だが、ことばにしかと打たれてこそ、見えてくるものがある。我を忘れ、〝理〟を忘れて、みいる。そういうひとときは、まれにしかめぐって来ない。

人の口から洩れることばは、たしかにその人のものである。だがその人のものとばかり受けとると、何かを見過ごすことになる。人のものであることをはなれて、ことばに撃ちぬかれるとき、人ははじめて〝理〟や分別をこえた広がりに出られるのだ。その広がりこそ、「私」が願うものであった。この、常なる一語が目をうるませるのは、ぼくらが人にみとれて、ことばの真の味わいを見失っているからである。

かたちが光る

かおりは居間にあがると、早速、珈琲ですか、と訊く。

「さう。熱くて濃いのがほしいね。それから、大きなコップに、水を」

――結城信一「星月夜」

没後一六年。この秋、『結城信一全集』全三巻（未知谷・二〇〇〇）が刊行される。結城信一は「第三の新人」の一人。生前一三冊の著作があるが世間には知られていない。人の見えないところで書いていたから。伝記小説を除けば、いずれも短編だ。その短編や小品は、どれもほぼ同じような内容だった。

娘と、男（中年以上）の愛だ。男が一方的に恋愛の感情をいだくのだから、一人だけの愛だといえるかも。娘の年齢は、二二、三歳までが、相場。それ以上の女性は結城信一の小説には入れてもらえない（ただし「西瓜」という作品にはめずらしく、おばあちゃんが登場するが西瓜を運ぶだけ）。

男は病弱。暗い部屋で一人で暮らし、年をとっていく。そこへふらりと、若くて美しい娘が訪ねてくる（こんなうまい話は、普通はないと思うけれど）。娘は、「熱くて濃い珈琲」をいれてくれる。男の心は明るむが、そのうちに暗転。めまいがして珈琲。また、めまい。ふたたび暗い自分の世界に沈んでいくのだ――。

男はいつも、自分で回転してしまう。たとえば「羽衣」という作品。高原を歩いていた男の体は、強い風にあおられ、くるくると独楽《こま》のように回ってしまう。そこに一人の娘があらわれ、スケッチブックの入った紙袋を彼女の頭の上でぐるぐる回す。それを見て、男は思う。

《こんなふうに、あなたは、ぐるぐる廻されてゐたのよ、とでも言ひたいのだらうか？……》

と。まさか、それは考え過ぎというものであるが、それくらい男は敏感なのである。だから（あれはひょっとしたら、ああだったのか）とか（これはどこかで見たことがある）とか、かってに思い込み、男はいつも（ああ、だめだ！）とばかりに、自分から崩れてしまうのだ。それで、小説は終わり。そんな「型」の小説を結城氏は書きつづけた。青年期から、晩年まで。内容的には大きな変化も成長も見られない。文学として欠けるところがあったと思う他ない。

内容は甘いものなのに、文章は甘くなかった。無上にはりつめていた。他のどんな作家にもみられないほど、こまやかに震えた。内容と、文章が別のものをつくりあげるのである。そのアンバランスが光った。暗く光った。

そういえば明治・大正のころの文豪の作品も、バランスがわるかった。文章は高くそびえているのに、作者の精神も実にたしかなものなのに、作品のなかみは、あっけない。すーっと終わる。名作なのに、読んでみると「あれっ?」と思うものも多い。結城信一の作品はそうした近代小説の古い遺伝子を受け継いでいる。だが実はこういうものこそがほんとうの文学なのかもしれない。小説は内容ではない。もっと微妙なものだ、と思うから。

話題性のあるもの、高度な内容をもつものと、小説にもいろいろあるが、内容だけでやっていくと自信過剰になり、文学が「汚れてしまう」こともある。文学は汚れやすい。だからこそ、いつも、かたちを保ち、きれいにしておくこともたいせつなのだ。

一杯の珈琲と、一人の娘。結城信一の小説はシンプルだ。かたちのなかで、生きている。

短編と短篇

一般的な文章と、小説をはじめ文学的な場所に置かれた文章で、使われることばがちがうものがある。たとえば「先鋭」は文学的な文章では「尖鋭」となることが多い。「回復」は「恢復」、「興奮」は「昂奮」、「奇跡」は「奇蹟」、「技量」は「技倆」、「注解」は「註解」、「絶賛」は「絶讃」になりやすい。すべてではないが、その傾向がある。このような文字の使い分けは、どうして起こるのだろうか。

どちらにしても意味は同じだが、文学的な文章では、情趣を深めるために古くから使われるものを選びがちなので、常用漢字以外の文字が多くなる（また大半は画数が多いものである）。これにすると「常用」からはずれるから、特権的な雰囲気が生まれる。「尖」も「昂」も「註」も、おとなになったら一度使ってみたい、という感じのものだが使いこなすのはむずかしい。

長編小説、中編小説は「編」だが、短編小説は「短篇」にする人が多い。視覚的な理由もあるだろう。「短編」だと、へん（偏）をもつ漢字二つが隣りあうので、ことばが見えにくい。また短編小説は、人物、背景などいろんなものがそろった長編、中編とはちがって、人生の断片をきりとるもの。つくり方が普通の小説とはちがう。むしろ俳句や詩に近い。短編小説は「小説とは別の世界のもの」という意識が暗に働くのか。ぼくも近年まで、原稿では「短編」ではなく「短篇」を選んできた。受け取った記者は「編」にしてもよいですかときいてくる。新聞は原則として常用漢字の「編」を用いる。

ただ、ものを書く人は、文字の「美意識」の凝りがとりはらわれたときに、一人前になる。あまり文字のイメージにこだわるのは「青い」証拠。たとえば、若いときにはなにも知らないから「短編」、少しすると、おませになって「短篇」、落ち着いてくると「短編」に、もどる。これがひとつの成長の、しるしである。一般的な文字をつかって、りっぱなものを書く。それが書き手の「技倆」だ。文字のこだわりからぬけでたとき、文章もおとなになるのだろう。文章は、文字ではなく内容なのだから。

関連でもうひとつ。「本当」ということばがある。夏目漱石、森鷗外は「本当」と書く。国木田独歩、内田魯庵らは「真実」と書いて「ほんとう」とよませる。嵯峨の屋お室《むろ》は「真当」と書いた。室生犀星や高見順は「本統」を使ったときがある。他にもいろいろ、見つけた。

戦前までは、「本当」にはいろんなものがあったのだ。

ちなみに「ほんとう」ということばは「本途」（ほんと・本来の道筋の意）が変化したものともいわれる。よく話しことばで「ほんとう」をつづめて「ほんと」というけれど、「ほんと」

のほうが、ほんとうなのかもしれない。

高見順

高見順は、明治四〇年（一九〇七年）一月三〇日の生まれ。生誕百年になる。

高見順の長編「いやな感じ」でぼくは小説というもののおおきさ、おもしろさを知った。町のあんちゃんから、右と左の思想家まで、人間の心をめぐる。興味と愛情を光らせて。こんな作品を書く人はそのあと出ない。人間にとってだいじな才能をたくさんもっていた人だ。でもいつもまっすぐに進む、というわけでもなかった。

高見順は、作家生活に入ってまもないころ「人間」（昭和一三年）という短編を書いた。夢に破れ恋愛でも失敗をした青年が、生活に戻る話だ。題について、作者はずいぶん悩んだそうである。「人間」ではいくらなんでも、おおきすぎる。何を考えてるのだと、思われかねない。はじめは「雑草」という題だったが、「人間」にしようと肚を決め、〈「人間」という何か肩にヅシリとくるような重たい題を担いで〉出版社に行き、〈「雑草」というのをこっちに返して貰い、それをそっちに思い切って渡したのでありました〉。

だがそのあと作品集を出すとき、本の題を『人間』にするかどうか。また、頭をかかえた。

だが変わらなかった。

〈さりげない題をと思ったのですが、矢張り思い切って「人間」とすることにしました。〉

作品集『人間』の表紙に、絵はない。その心を映し出すような色合いで、「人間」の文字だけが置かれている。

遊ぶ

『日本文學全集19有島武郎集』（新潮社・一九六二）の年譜の、明治四二年のところに、

〈この年、柳宗悦と知った。〉

とある。この年に有島武郎は、柳宗悦と知り合ったという意味だが、この「と」はあまり使われなくなった。現在は、「この年、柳宗悦を知った」というふうに「を知った」（あるいは「を知る」）になる。

「と」と「を」ではちがう。「と知った」はおそらく「と相識《あいし》った」の略だろう。実際に会ったのだ。いっぽう「を知った」はこちらが一方的に見知った意味にもとれる。その著作を読んだとか、その姿をこの目で見た、というときにも使う表現である。

『現代日本文学館25』（文藝春秋・一九六九）、瀧井孝作年譜の明治四二年の項に「俳人福田鋤雲《じょうん》と知る」とある。『新潮日本文学4徳田秋声集』（新潮社・一九七三）の明治四〇年の項には、「この年、『未解決のままに』のお冬と相知った」。三〇年ほど前までは、「を」よりも「と」のほうが使われていたようである。最近「と」を見た。『結城信一全集』（二〇〇〇）の解題に「駒井

哲郎と識る」とある。でもそれはめずらしい例。いま、「と知る」「と識る」と書けば「を知る」「を識る」の誤りとみられるおそれがある。

さきほどの『有島武郎集』の大正八年のところに「八月、三人の子供とともに北海道を旅行」とある。「を旅行」という書き方は、いまもあるけれど、ぼくの印象では「に旅行」「へ旅行」などがふえているようだ。

当時の文士はよく旅行をしている。それでも「旅行」ということばは、特に明治・大正の文士たちにはにあわなかったようで、岩野泡鳴とか国木田独歩などの年譜には「北海道に渡る」「樺太に渡る」のように「渡る」がよく出る。あっちこっちで、海を渡っているので、ほんとうに帰ってきたのかどうか心配になる。遠いところが、人間にはいっぱいあったのだ。

「遊ぶ」も多い。「日光に遊ぶ」とか「耶馬溪《やばけい》に遊ぶ」「房総に遊ぶ」とか。楽しそうだ。旅の仲間のようすまで、こちらに見えてくるようだが、仲間と別れてひとりで水辺を眺めている。そんな感じもある。いいことばだと思う。

「寄寓」「仮寓《かぐう》」「○○宅に寄宿」「○○家に身を寄せる」「○○と共同生活」「○○と同宿」などの語も多い。住むところがなかったし、あっても、すぐ追い出されたりしたのだ。兄弟や知人のやっかいになって生きるしかなかった。それでもだめだと「帰郷」。そして「再び、上京」となる。旅がふえるのである。

おおらかな写実

『北の海辺』は、一九世紀ドイツ写実主義の高峰、テーオドア・フォンターネの長編小説である。フォンターネは遅咲きの人だった。最初の小説「嵐の前」を書くのは、五九歳。それから幾多の傑作を著した。そのひとつ「北の海辺」は七二歳のときの作品。

北の海に面した館。ホルク伯爵は、デンマーク宮廷に勤務する凡夫。留守宅をまもるクリスティーネは、プロイセン気質の、伯爵には「重苦しいばかりの、出来すぎた」妻。この対照的な中年夫婦の心模様を、緊迫する政治情勢にからめて描く。まずは夫の不倫だが昔の小説だし、北方だから寒いせいもあるのか、男女が肌をあらわに、もつれあう場面はない。たまたま王女の離宮にでかけ、湖でスケートをしたおり、ホルク伯爵は、ある刺激的な若い女と二人きりに。

〈事実いまや二人は、数百歩ほどしか幅のない氷の帯をよぎって、一気に湖の沖へ出てゆく寸前のように見えた。目でたがいの姿をもとめあい、「これでいいの?」と問いかけているようでもあった。〉

かわいらしい、よき二人であること。当時の恋はこれだけで一大事。人の運命を変える。

会話と手紙。それをとりもつ「作者の文章」。この三つでできたこの作品はゆるやか、のんびり。あわてず騒がずが特徴。このまま行くとあまりの平坦さに、「次の人、どうぞ」と交代させられてしまうのではないか、と思えるほどのマイペースだが、物語は時間をかける織物。言葉ひと針動作ひと針が、ふれあい、かさなり、あるいはひびきあって、少しずつ（ゆっくりと、確実に）つながっていく。最初に出た古い詩の一節の物悲しい言葉の調べが、最終場面で再び登場するとき、読者は、感きわまるはずである。

生きている人ではない。どこか向こうの、遠いところにいる人たちに話しかけるかのような、静やかで、おおらかな語り。立つところからすぐさま崩れていくさざなみのような文章。感覚も考えも格段にとぎすまされた人でなければ、このようなものは書けない。鋭さが過ぎてもまた、このようなものにはならないかと思われる。文芸をいとなむものにとって、いちばんだいじな微妙なバランスを、フォンターネは百年前に会得していた。立川洋三訳、晶文社刊。

毒と神秘と

フラナリー・オコナーの作品集『善人はなかなかいない』を読んだ。

小説を書くのに、特別なものはいらない。人間の命がひとつあればそれで十分。そんな、度胸のすわったところから生まれた五編は、感想も凍りつくほどに、こわい話ばかりである。

フロリダにでかけた家族六人はたまたまでくわした「はみ出しもの」に、全員殺されるはめに。勇気のあるおばあちゃんは、直前まで彼らと直談判。会話のようすから望みなきに非ずのラインまで行くが、むだ。殺したあと、男はつぶやく。

「人生には、ほんとの楽しみなんかあるものか」

と。冒頭のこの一編「善人はなかなかいない」からして、度肝をぬく。

「森の景色」は、老人と、老人にいきうつしの性格をもった孫娘の、暗闘をつづる奇態な小説。

〈その向こうには遠い森の灰青色がひろがり、さらにその先は、透き切れのある雲が一つ二つ浮かぶほかはなにもない空だ。老人よりも好きなだれかのように、女の子はこの景色をじっと見ている。〉

ここからとんでもないことが起こる、そんな気配があるものの、静かな夢の情景のようにも思える。

「トムシーちゃんが、あたしのバッグになにか入れてる」とか、「そんなばかな」とか。「家庭のやすらぎ」でも、人の会話は、適量。コミュニケーションが不足しているわけではない。なのに彼らは想像を絶する、毒素と神秘を吐き出す。人が人であることを超えた、そこから先の世界へ、作者は食らい付く。

オコナーはいう。「希望をもたない人は、なにかを長く見続けるようなことはしない。その勇気がないからだ。絶望に至る道とは、なんであれ経験を拒むことである。そして小説は、もちろん、経験する方法である」。また彼女はこうも述べた。私の物語が読者に衝撃を与えるのは、その物語が、書いている作者自身にショックを与えるからだ、と。

迫りくる死を感じながら三九歳の命が尽きるまで何度も何度も、彼女は文章を書き直した。希望に向かう道を歩き続けたのである。まるで、生き物のような文章。常識をはみだす人間凝視。小説の衝撃をみずから体験する、勇気。そのどれもが読者のこころをとらえる。希少な、おそるべき作品集である。横山貞子訳、筑摩書房刊。

いつも何かを書いている

今年は、世紀の前衛作家ウラジーミル・ナボコフ（一八九九―一九七七）の生誕一〇〇年の年である。アメリカ映画「ロリータ」が公開されたし、日本ナボコフ協会も生まれた。

ナボコフはロシア貴族の出身。ロシア革命で亡命、祖国を離れベルリンで生きる。一九三九年、はじめて英語で書いた小説がこの『セバスチャン・ナイトの真実の生涯』（一九四一年刊）。V（こまかいことは不明）と、彼の六歳上の異母兄セバスチャン・ナイトの物語である。

二人は子供時代はいっしょだが、亡命後はイギリスとフランスに別れる。そのあとも会うがあまり話をしない。「二人きりでいるときいつもそうなるのだが、ぼくは妙にどぎまぎし、ときには話題を探すのに四苦八苦の態《てい》になるのだった。彼もまた黙っていた」。

Vは書く。かつてぼくはどこかで兄弟のテニス選手が試合をしているのを見たが、彼らのボールの打ち方はまるで違う。だが「テニス・コートを前後左右に動き回るときの彼らの動作の全体のリズムは全く同一」であると。ちがうおなかから生まれたのに、二人は「共通のリズム」をもっていた。それがVの心の支えになる。

兄セバスチャンは作家として成功するが、三六歳のとき心臓病で死ぬ。その作品を、弟は遠く離れた町でひそかに愛読していたが、兄がどんな人だったのか知りたくなりヨーロッパ各地を回って人から話を聞く。いろんなことが少しだけわかる。それは伝記作家グッドマンの『セバスチャン・ナイトの悲劇』の内容とは大きくくいちがうものだ。心のなかにもっているセバスチャンについての「内的知識」（いいことばだ）と「共通のリズム」をてがかりに、Ｖはセバスチャンの人生の真実に迫っていく。

さて、探索の旅の途中、ニーナというセバスチャンの最後の恋人と思われる人が、二人発見される。どちらもニーナなのではないか。でも結局、セバスチャンの書き残した小説の世界だけがたしかなのだと思う。そのときの気持ち、つまり人間をずっと追いかけていって最終地点にたどりつくときの人間の気持ちはふつう暗いものだ。でもＶの場合は明るいもの、そこからまたなにかをはじめられるようなところのものであることを、小説は告げて終わる。

「従って——ぼくはセバスチャン・ナイトなのだ。」

でも、なにかが見えてきたから、いい小説なのではない。なにを書いているか。それが小説である。ナボコフの作品はいつも、なにかを書いている。イメージを駆使し、言語を燃え立たせ、積極的に書いていく。主題の重さ暗さをはねのけ、ときには現実を飛び越えるほどに、活力にみちた意識の世界をひろげる。

兄だと思って、夜の病院で、その人のそばにいたが、実はちがう人。でも他人の「息遣い」なのに、Vは、兄への自分の思いの深さを、そのときにたしかめてしまう。そういう不思議なところを、感動的に書く。

ルセール夫人。「黒いビロードのような目を閉じ」る人。彼女とはあることで、ちょっときまりのわるいことになってしまうが、その二人の無効なやりとりにもナボコフの筆は情熱的だ。普通は捨てるところをひろう。歌う。見つめる。それはナボコフが祖国ロシアをはじめ、いろんなものと別れて生きてきたからだろう。

ほんの偶然の人影も、風のようにまいこむ事実も、読者の世界を狂わせるほどに鮮明だ。兄と弟二人のことではない。人間なら、誰もがもっている「共通のリズム」を積極的に掘りあてる。そこにこの小説の生き方がある。ナボコフ中期の傑作。富士川義之訳、講談社文芸文庫。

風景を越える

多くの日本の読者が知らない時代の朝鮮に、新しい文学が現れていた。

現代朝鮮文学の先駆、李箱《イサン》（一九一〇―一九三七）は日本統治期の苦難の時代に、朝鮮語と日本語で作品を発表。破格で尖鋭な作風で注目された。一九三六年一〇月、日本へ渡航。半年後、東京で病死。二六歳だった。『翼　李箱作品集』（光文社古典新訳文庫・二〇二三）は、その主要作を収めたものだ。日本での文庫は初めて。斎藤真理子訳。

詩「烏瞰図《オガムド》　詩第一号」（一九三四）は連載の初回。題は「烏瞰図」からの造語。「十三人の子供が道路を疾走する。／（道は行き止まりの路地が適当である。）」で始まり「十三人の子供が道路を疾走しなくても構わない」で閉じる。姜晶中訳（『韓国現代詩集』一九八七）の結びは「十三人の子供が道路を疾走しなくてもよろしいです」。謎めく、この奇妙な詩は「朝鮮中央日報」に掲載されたが読者の不評を買い、連載中止に。李箱といえば、この詩だ。

小説「翼」（一九三六）。「朝方には風呂敷ほどの大きさの陽差しが入ってきて、午後にはそれが手巾《はんかち》ほどになり、やがて消えてなくなってしまう」。「僕」と妻は、部屋を二つに仕切って暮らす。ときどき妻の部屋に、男の「来客」がある。「僕」はそれを知っても気にならない。不満もない。妻は「今日は昨日より少し遅く帰ってきてもいいのよとささやくのだ」。おかしな設定だが、密室のような空間を、文章がとても気持ちよさそうに行き来する。頽廃的な印象はない。青年期には不可解なものを、のみこむときがあるものだ。おとなになると忘れているけれど。外側にひろがる現実を押し返すような、しっかりしたものを築きたい。そんな気概も感じとれる、李箱の代表作だ。他に童話、遺稿の随想「東京」など。

特に印象的なのは、紀行文「山村余情——成川紀行中の何節か」(一九三五)。地方に出かけて書いたものだ。「とうもろこし畑からは、白、黄色、黒、灰色、また白と色の違う犬たちが列を作って出てきます。センシュアルな季節の興奮が、このコサック観兵式をいっそう華麗に演出しています」。さらに「青ざめた工場勤めの少女たち」のようすに及び、「これら全階級の都会の女性の柔らかい肌の上に、その貧富を問わず、たくさんの指紋がべっとりと捺されているのを感じませんか」とも。鋭い表現が、あたり一面に飛び交う。「薄甘いほおずきの実を吹き鳴らしているこの村の大らかな娘たちのことの方を、ずっと知りたいのです」といいつつ、「美しい故郷はむしろ都会にあります」とも。都市と田園は混然とし、二つの区別は見えそうもない。風景を越えたところに立って、新しい領域へと流れ出ていく。いま読んでも新鮮な散文だ。

李箱の青春期以降、ひところまで、朝鮮の人たちにも親しまれた吉田絃二郎の大正期の一連の小説を、ぼくはふと思い浮かべた。その一編「島の秋」では、朝鮮が見える対馬を舞台に、自然と人間が静かにふれあう。憂色を帯びたこの名編と並べても、風景に向き合う李箱の感性は、みずみずしい。文学にめざめたときの情熱と、未来に向かう明るさをもとに、時代の壁を乗り越えていく。それが李箱の通った道なのだと思う。

当時の朝鮮の詩や小説を、そして日本の作品を、ぼくはいっぱい読みたくなった。李箱を知ることで、読みたくなった。

書きもの

ここには、作品が三つ。これだけでいいのかという気持ちになるが、もしかしたら、これで十分かもしれない。

題材、情景別の名作アンソロジー《百年文庫》(ポプラ社・全一〇〇巻)。最新の一冊、第65巻『宿』(二〇一一)には、長田幹彦《ながたみきひこ》「零落」(明治四五年)、近松秋江《ちかまつしゅうこう》「惜春の賦《せきしゅんのふ》」(大正五年)、尾崎士郎「鳴沢先生」(昭和五年)と、明治・大正・昭和三代の作品が集う。

尾崎士郎「鳴沢先生」は、もと教師がいまは無銭飲食などして人をだましながら簡易宿泊所をとまり歩き、紙屑のなかに消えるという、手品みたいな作品。尾崎士郎はその三年前、「鶺《せき》鴒《れい》の巣」「河鹿《かじか》」を書いている。「鶺鴒の巣」は二人の青年が、「河鹿」は若い夫婦が、山なかの宿にきて、自然の生き物に接する。現実社会にとどまっていては書きづらい。そんな「戦前」の空気もみてとれる。

長田幹彦「零落」は、前途ある青年が、「衰残の芸」を売る旅の一座とともに、流浪の旅へ。宿を訊ね、話を聞くうちに「私」もいつのまにか、旅役者に。〈私は晴れやかな顔色をした扇昇と肩を並べて歩きながら、今夜石狩の町で一座の演じる『忠臣蔵』の定九郎《さだくろう》に扮するため彼から仔細にその役の型を教わっていた〉。学生時代の体験から「零落」は書かれた。東京からも、よくある人生からも離れる。そこに希望を宿した。

近松秋江「惜春の賦」は、軽快に書かれているが、おもむきがある。作者とおぼしき牧野は、東京から関西経由で、郷里岡山へ向かう。友人春本とは大阪で別れる。人生の方向をつかめない、牧野。郷里には、病い重い老母。春のひざしを浴びて、ひとり旅。汽車の発着、ゆるやかな沿線の風景など、少しずつ書きこむ。その文章もとても美しい。とはいえ最初は、「牧野君」と「春本君」。そのうち「牧野」「春本」になるのだ。そしてまた「牧野君」「春本君」に戻る。作者の不注意ではない。いろんなふうに、書いておく。大正期の文学のいいところなのかもしれない（以下一部の符号を略記）。

郷里に着く。「おお、戻ったか」と、兄がいう。母が、中風になったらしい。「何時《いつ》から？」と牧野が聞くと、「二十五日の朝」と兄。「じゃ丁度《ちょうど》私が東京を立つといって、支度をしたその日からだナ」と牧野。そのあと、そこに集まった人との会話。

「東京を何時《いつ》経たれて？……そして今日は何処《どこ》から？」

「今朝桑名から汽車に乗りました」

こうしたときのことばは、「いつ」と、「どこから」の二つ。他に、きくことがないわけではないが、人はいつもここから始まる。昔も今も。そう思うと、なぜか胸がいっぱいになる。

牧野も春本も、宿では、東京にいる友人に絵葉書を書く。いつものことである、というように。昔はこうして何かしら人は書いていたものだ。ひとりになると、書いていたものだ。郷里では、こんなことも。

「叔父さん、芹を摘みに行きましょう」「何か書いていられるんですか」と、甥。「いや、構わない、行こう」と牧野。

近松秋江「惜春の賦」は、作品というものではない。ささいな「書きもの」なのだ。だからこそ、胸を打つのだと、ぼくはそう思った。「書きもの」のなかには、絵葉書もあるし、創作もある。あいさつもある。なにもないこともある。日々のかなしみ、平常のよろこびが「書きもの」という静かな場所で、かたちをとっていくのだ。何かの支えをいつも必要とする、よわよわしい自分の姿も誠実に書きとめる。そうした世界を作者はたいせつにしたのだ。名作以上の「書きもの」である。そうぼくは感じた。

暗くなったら帰るだけ

尾崎翠《おさきみどり》は戦後も、郷里の鳥取で暮らしていた。

〈一九四七（昭和二十二）年　五十一歳／七月、このころから純綿の古着の布で雑巾をつくり、汽車に乗って兵庫県豊岡辺りまで売りさばきに行く。忍（注・末妹）の子の姪や甥を伴い、売れると海浜で休んで童話を話してきかせた。しかし姪や甥たちは翠がかつて小説を書いたとは知らず仕舞だった。〉（『定本　尾崎翠全集』下巻・年譜）

尾崎翠は一八九六年、鳥取県の生まれ。地元で代用教員をしたあと、二一歳で上京。一九三一年（昭和六年）「第七官界彷徨」を発表し文壇の一部に注目されたが、翌年には幻覚症状があらわれた。一九三三年、『第七官界彷徨』（啓松堂）が刊行されたときには、すでに東京を離れ、静養のため郷里に戻っていた。東京の知人たちとの交信も絶えた。尾崎翠その人もその文学も消息を断ったのである。そのまま郷里鳥取で三〇年有余を過ごし、一九七一年、七五年の生涯を閉じる。

文学史的な書物にも記録されないこの作家の名前が、突然浮上するのは、その死の二年前。

花田清輝などの推奨で「第七官界彷徨」が『全集・現代文学の発見』第六巻（學藝書林・一九六九）に収められたのがきっかけ。その後も創樹社版全集（一九七九）『ちくま日本文学全集・尾崎翠』（一九九一）と尾崎翠の本の刊行が続き、いずれも版を重ねた。このたびの新全集『定本 尾崎翠全集』（筑摩書房・稲垣眞美編・一九九八）には新たに発見された創作や、少女小説などが加えられた。これによって読者は〝幻の作家〟尾崎翠のほぼ全貌を知ることができるようになった。

代表作「第七官界彷徨」はその人生同様に不思議な世界をはらむ作品である。精神科医の一助、コケの恋愛を研究する二助。この二人の兄と、音楽学校の受験生である従兄の三五郎と「私」が、廃屋で共同生活をする話。

〈二助の机の上では、今晩蘚《こけ》が恋をはじめたんだよ。知つてるだらう、机のいちばん右つ側の鉢。あの鉢には、いつも熱いくらゐのこやしをやつて二助が育ててゐたんだ。熱いこやしの方が利くんだね、今晩にわかにあの鉢が花粉をどつさりつけてしまつたんだ。蘚に恋をはじめられると、つひ、あれなんだ、つまり――まあいいや、今晩はともかくそんな晩なんだ。〉

〈こんな空想がちな研究は、人間の心理に対する私の限界をひろくしてくれ、そして私は思つた。こんな広々とした霧のかかつた心理界が第七官の世界といふものではないであらうか。〉

第七官という名称は新しいものの、人物造型は十分とはいえず、もののにおいとか食べ物の味といった感覚的な面では際立つが、全体には、内部の詩の素材を雑然とひろげたような印象で、「霧のかかつた」作品であるとしかいいようがない。

「花束」「初恋」と比べると「松林」という初期の短編（作者二四歳、大正九年「新潮」）はあまり話題にされないが尾崎翠という作家の資質をよくあらわしているように思う。「松林」は、ペットと青年の話。砂丘に近い松林のなかを彼は一匹の犬（らしい）を連れて歩く。口笛を吹くとそのペットは戻ってくる。じゃれあう。また走り去る。彼は松林へ入る。そこから出てペットと、砂丘の襞のところでじゃれあう。砂の上でひっくりかえる。抱き取る。またペットはいなくなる。そのうちに、戻ってくる……。「松林」はたったそれだけの話なのである。

〈暫くして主人は身を起した。

「太郎来い。」

彼は静かなその言葉を残して歩き出した。

闇の中に、静かに砂の崩れる足音を残して、彼等は襞から次の砂丘に上る傾斜を歩いて行つた。〉

実はこの作品には、犬と主人が出てくるだけではない。ぼんやりと向こうに町が、そして松林のなかには、ある少女が脱ぎ捨てた草履も見える。だが、主人も文章もそれを一瞥するのみ。あくまで犬とその主人だけで世界をつくる、いたって簡素なものである。ぼくはこの作品を読みながら楽しくなった。心が楽しさに染まった。犬とじゃれあって、暗くなったら帰るだけ。どこにでもある話なのに、神秘的な世界を見た心地がした。さほどのことをしない人間も、そのままで、とてもきれいなものだ、夢のようなものなのだという気持ちになるのだ。

尾崎翠の文章は、こちらが何もしなくても、その何もしないものがすでに神秘の世界にいることを教えてくれるのである。その意味では何かをしている人たち、また、文章に何かを求めている人たちにとっては、この尾崎翠の作品は、何もしてくれない、与えてくれないおそれがある。だから長い間読まれることがなかったし、これからだって、どこか、そういうものであるのだろうと思う。だとしたらこれまで同様、尾崎翠はいつまでも時代を飛び超えていくしかないのである。

いま文章は、ある人間になるために、あるいは何かを見るために何かを手にするために書かれ、また読まれる。でも実は何もしない文章というものがいちばん多くのことを感じさせ、想像の翼を与えてくれるのだというふうには思わなくなっている。尾崎翠は、それとはちがう、奇妙なほどに純粋な、文章の立場を、さきがけて示した。また苦しみながらもそんな自分だけの世界の、さらにその先を開いていこうとした人でもあるのだ。

次は「歩行」の冒頭部分の一節。

〈忘れようと思ふ人のおもかげといふのは、雲や風などのある風景の中ではよけい、忘れ難い

ものになつてしまふ。〉

さまざまな感覚世界を新奇な角度から描くその文章は本来ならゴミ溜めのようなものになるはずのものである。悪臭さえ放っていい。ところが彼女の文章は「素材」に翻弄されるかにみえてほとんどそのようなあとを見せない。みずからの小説世界をつらぬく「新奇な感覚」によってても乱れないのである。風や、砂や、子供を描くときの文章は作者の存在を感じさせないほどにすがすがしい穂波をみせる。

尾崎翠は犬とのじゃれあいや、曳船の青年との瞬時のふれあい（「花束」）をただそのものとして描いたのではない。その底に自分の内部の闇を沈めていたはずである。言葉にもできない苛烈な自己犠牲によって、読者に、世界を与えた。それが尾崎翠なのかもしれない。だがこのことを書くぼくの文章もすでに汚れを吸い込んでいる。文章はいつも時代のものだからだ。だから尾崎翠を読み解くことよりも、ただ読むことのほうが、とてもむずかしいことなのかもしれないと思う。

『島村利正全集』を読む

戦争がはじまる前に、一見地味ながら、たしかな文章をもって登場し、人や周囲の自然を描いた人。それからはあまり作品を書かない時期があったけれど、一九七〇年代はじめからのほぼ一〇年間に私小説の世界をひろげる清新な作品を書いて、読む人の心をとらえた人。その人たちにはいまも忘れられない人。それが島村利正《しまむらとしまさ》である。その全作品（小説・随筆・解説その他）を収める『島村利正全集』全四巻（未知谷・二〇〇一）が出版された。著者の全集はこれがはじめて。

一九一二年、長野県上伊那郡高遠町に生まれた島村利正は、一五歳のとき郷里をはなれ奈良に行き、奈良飛鳥園（古美術と写真の出版社）につとめる。その間（ほぼ二年半）に志賀直哉、瀧井孝作を知り、師事。一九四一年、長編『高麗人《こまびと》』（人文書院）を出版。一九四五年、日本撚《ねん》糸《し》連合会の職につく（そのあとも長く撚糸業界にあった）。一九七一年七月号の「新潮」に「奈良《なら》登《のぼり》大路《おおじ》町《ちょう》」を発表し、文壇に復帰。そのあと『青い沼』（一九七五）、『妙高の秋』（一九七九・第三一回読売文学賞受賞）などを著わし、一九八一年、六九歳で亡くなった。

第一巻（一九四〇―一九五七）には朝鮮半島から日本に来た人たちの生活譜「高麗人」、行商の暮らしを見つめる「物売り仲間」、信州から瀬戸内海の小島に向かう老女の旅をつづる名編「仙酔島《せんすいじま》」などが収まる（ぼくは学生時代から島村利正の本はリアルタイムで全部そろえたが戦前の『高麗人』は入手できなかった）。

第二巻（一九五八―一九七五）には京都、奈良を原爆から守ったウォーナー博士と日本人の交流をつづる「奈良登大路町」、郷里高遠が舞台の歴史小説「絵島流罪考」など、端正な作品が並ぶ。

第三巻（一九七五―一九七八）には日常と幻想が溶け合う「隅田川」「鮎鷹連想」、風土と恋愛をつなぐ「秩父愁色」など。

第四巻（一九七九―一九八二）には写真家小川晴暘《せいよう》の素顔をつたえる長編「奈良飛鳥園」（思いをかける二人の女性の寝顔をスケッチするとき、どちらを魅力的に描くかなど、細部が生きる）他、晩年の作品である。

島村利正は戦前の日本人の庶民の暮らしをいつまでもたいせつに心にしまっていた人で、時代の変化でそれらが曲げられていっても、ときどき思い出したり、取り出して、自分を育てた人たちや時間を振り返った。長く静かな旅をするように、文章を書いた人だ。戦前の人たちのよき姿、つらい姿は、戦後の時間がかさむにつれ次第にかすんでいったが、それでも忘れられないものがある。

　コアジサシは、水辺の小鳥。

「私はそのころ、コアジサシの白い姿を見ていると、思いがけず、少年時代に生れ故郷の山ふかい峠で見た、栗鼠の大群を思い出すことがあった。そして、それにつづいて、奈良の鹿と春日山のこと。若狭の海で見かけた奇妙な動物？　と、そのときの旅行などを思い出した。それは私の、風変りな小動物誌でもあったが、私自身をふくめた人間の姿も、戦前の時代色のなかで、それらの動物と共に点滅していた。」（「鮎鷹連想」）

　このあと、それぞれの小さな動物を「点滅」させて文章がつづく。ここにある「私自身をふくめた人間の姿」をとらえることは、島村氏の作品世界の基点であり基調だった。

「私自身」と「人間の姿」は同じものながら、微妙に消息を分かつものである。島村氏はその文学が「私自身」に傾くことを警戒し、ひろく「人間の姿」を知るための視覚を注意深く見定めようとした。「私」という人間が、他のもの、見知らぬもの、遠くのものと、どのようにかかわるのか。またそれをつづる文章が、どうしたら、人間のための文章になっていくのか。それを「私自身」の生活者の感性を台座にして、みきわめようとしたのだ。「私自身をふくめた人間の姿」という「観念」は、一九七〇年代という最後の「文学の時代」においても、そのあとも、多くの作者たちの作品から（あるいは発想から）失われたもののひとつである。

島村利正は、文学と生活の両面をみがきながら小説を書きついだ。それはそばにいる人の目にもつかないほどの変化と動揺をかさねる営みだった。「人間の姿」をもつ文学の姿は、この全集の刊行で鮮明になる。

悲しみ、楽しむ

二九歳の若さで亡くなった新美南吉《にいみなんきち》（一九一三―一九四三）の童話は、心に刻まれるものばかり。『ごんぎつね でんでんむしのかなしみ――新美南吉傑作選』（新潮文庫・二〇二四）は、その代表作を収録。以下、発表・制作の年を添える。

まず表題作。「ごんぎつね」（一九三二）は、狐と人の交流。「でんでんむしのかなしみ」（一九三五）は自分だけでなく、誰もが悲しみをもっているのだと知る話。どうしてこの作者は心を震わせる、いいものを次々に書くことができたのかを考える前に、文字に表れたところをたどり、悲しみ、楽しむ。それが童話作家、新美南吉の願いでもあったのだと思う。

ぼくがいちばん好きなのは「手袋を買いに」（一九三三）。寒いよおと、子どもの狐。人間の店へ手袋を買いに行く。母狐にいわれた手ではなく、ちがうほうの手を出してしまうが、店の人は、手袋を売ってくれた。人間って恐くないや、というと、母狐はつぶやく。「ほんとうに人間はいいものかしら。ほんとうに人間はいいものかしら」と。ぼくはこれまで何度も読んだけれど、この母狐のことばと、人間の住むところへ向かう道にこぼれる光のようすは、いつでも目に浮かぶ。

　月夜に、七人の子どもたちが歩く「狐」（一九四三）。甘えん坊の文六《ぶんろく》は下駄を買うが、そのあと、どこかのお婆さんに「晩げに新しい下駄をおろすと」狐がつくといわれる。途中、コンと、文六が小さく、せきをする。さあ大変。そこから急に空気がはりつめる。「文六ちゃんは黙っているからわからないが、心の中はもう狐になってしまっているかもしれないわけだ」。子どもたちの心の奥を照らす、とても深みのある文章だ。文六ちゃんは家に帰り、ぼくが狐になったら、お母さんはどうすると聞くと、「そしたら、もう、家におくわけにゃいかないね」。そこからの母のことばは、思いもつかないところへ向かう。夢でも見ているような素晴らしい作品だ。

「花のき村と盗人《ぬすびと》たち」（一九四二）も面白い。盗人の親方が、盗人とは何かを理解できない子分たちの、報告をうける場面。村の中のようすはどうだと聞くと、「へえ、すばらしいですよ、かしら。ありました、ありました」と子分。すかさず、親方はいう。

「何が」

　子分たちは、へまばかり。だから親方の「何が」のひとことが、とてもいい。さほど目立たないところでも、ことばは時機をとらえている。この「何が」を、この位置に入れることのできる作家は他にはいないだろう。

「久助君の話」（一九三九）。久助は、さほど親しくもない兵太郎と二人で遊ぶはめに。乾草にくるまりながら、じゃれあったりするが、兵太郎のようすを見たとき、ふと思う。「何ということか。兵太郎君だと思いこんで、こんな知らない少年」と、遊びくるっていたのだ。「世界がうらがえしになった」一瞬を見事にとらえている。ここには二人しかいないのに、実にシンプルなのに、読む人はとても大きなものにつつまれ、身も心も奪われることになる。日本文学全体を通してみても特別な作品だ。

過ぎたことを懐かしむのではなく、これからの新しい日々を選ぶ人の、晴れやかな気持ちをつづる「おじいさんのランプ」（一九四二）の火影《ほかげ》も忘れがたい。新美南吉は、心のなかに開く大切な情景を、後代に伝える。

第4章　書く人が知っていること

頭のなかで思うだけではなく、実地に文章にしてみると、それをある期間つづけていくと、過去に示された、さまざまな人たちの文章を身近に感じることがある。同じことを考えて同じ道筋を通ってきたという共感だけではない。

まったく異なるものも、それもまた文章というものがもつ、一つの大きな世界のなかに置かれているのだと気づく。さらにいうと、どんなに明敏な書き手も、そのとき、自分が書き上げた文章を超えることはできない、ということも知るのだ。文章とは、そうした限界点をも明らかにするものなのだと思う。

しら浪

近代日本初の個人詩集を出した勇気ある人は誰なのか。島崎藤村でも北村透谷でもない。それは無名の青年である。
湯浅半月《はんげつ》。安政五年生まれ、上州は安中の人。詩集は『十二の石塚』（明治一八年）と題された。

和歌の浦の磯崎こゆる
しら浪のしらぬむかしを
松陰の真砂にふして
もとむともかひやなからむ
玉津島姫

ではじまる叙事詩五章、全七〇〇行。兄の手により安中で自費出版。部数は二〇〇（あるいは三〇〇とも）。

同郷のキリスト者・新島襄が創設した京都・同志社英学校（同志社大学の前身）の神学科を、この年に卒業した学生である。二七歳であった。

当時同志社では、卒業式に各自演説をするならわし。彼は詩集のもとになる作品を朗読した。突然のことに、教師も生徒もびっくりしたはずだ。内容は旧約聖書（当時まだ翻訳が出ていない）に取材。長歌のかたちをとったもので言葉や形式は古いが、この詩集が近代日本最初の個人詩集となった。

彼は同年一〇月、アメリカへ留学。出航まぎわ、横浜の港にかけつけた宗教家植村正久は、湯浅に、できたばかりの詩集『十二の石塚』五〇冊を渡した。葡萄ひとかごを添えて。

彼は、太平洋上ではじめて自分の詩集を読み、おのれを「大空を行く船」にある身、と思ったという。

鈴木亨「明治詩史」（『明治・大正・昭和詩史』角川書店・一九六九）で、おおよそ以上のことをぼくは知った。こんな人がいたのだ。

湯浅半月は帰国後、日本最初のヘブライ学者になった。またわが国の図書分類の基礎をつくるなどしたが、詩から離れた。「初めて」づくしの人は、昭和一八年、八四歳で世を去る。

最初の個人詩集とは、無人の荒野を切り開くもの。葡萄ひとかご抱いて、それこそ「しら浪」の海に、ほうり出されるようなものである。

とはいえ詩そのものは古めかしい。さほど個性はない。誰が見てもそう感じるだろうと思う。それに湯浅本人に、最初の個人詩集を出す意識がどのくらいあったのかも、いまとなっては不明である。だからか、ほとんどの詩史は、詞華集はこの青年の詩を除外する。

「最初」だけでは、手柄にならない。詩集というからには「内容」をともなってこそのもの、という考えなのであろう。それはわかるが、ぼくはこういう個人の事実を知ることに感動する。ぼくは詩なんかどうでもいい。詩の歴史が好きになった！

これが歴史だ。歴史をつくる人だけがもつことのできる事実なのだ。彼は「しら浪」に隠れていく。彼は葡萄ひとかごを抱えている。

子どものときにつくる本

このほど、三島由紀夫が一六歳のときにつくった詩集『馬とその序曲』が発見され、話題になった。

とてもきれいな装いの詩集である。美しい布を使った帙《ちつ》を開いたところに馬の絵。見返しの紙は真紅。発行所は平岡文庫。三島由紀夫の本名は平岡公威だからか。「昭和十六年八月十五日印刷　限定本参百部　本書は其の一九三」とある。たしかなことはいえないものの、おそらく「参百部」はいつわりだろうと思う。手書きなのだから、三〇〇部もつくれるわけがない。また、この詩集は一編の詩を入れただけの、たった四頁のものなのだ。彼は、この一冊だけをつくったのだ。一部だけの詩集なのである。

三島少年は、きれいなおとなの本を、子どものときに見て、あこがれ、「ああ、ぼくもつくりたいな」と思っていたのだろう。親にもないしょで、こしらえたはずである。

文学者だけではない。子どものときに、こういうものをつくる人は多いのである。それは「誰にも見せられない、はずかしい本」。こっそり完成し、自分だけで楽しむ本である。でもそれは、生まれてはじめての「自分の本」なのである。

こうした秘密の本の特徴は①おとなっぽい、豪華なものにする②一九三番などと、かっこつける③でもおとなが見ると不完全である、といったところだろうか。一種の「まねごと」だ。だから、あまりいいものはできない。でもあれこれ工夫しているうちに、モノがどういうふうにつくられているのかが肌でわかる。その点、子どものうちに「本をつくる」ことはとても勉強になると思う。

実はぼくも、つくった。小学六年のとき、『真赤』という小説を一冊、手書きでこしらえた。当時ぼくのクラスでは、ちょっとした問題のために、クラスが二つか三つに分かれた。その「心理ドラマ」を、ぼくは小説のかたちにして残しておきたいと思ったのである。「真赤」とは変な題だが、そのときの実感から出た言葉だろう。大昔のことだから、忘れた。

また中学一年のときに『文学を知る』という題で、二六冊の、作家別の研究ノートをつくった。「国木田独歩」「島崎藤村」「夏目漱石」「有島武郎」「山本有三」「宇野浩二」「中野重治」「壺井栄」など。童話の「中西悟堂」「岡本良雄」、現代俳句の「日野草城《そうじょう》」もある。先日、日付を見たら半年の間に集中的につくったことがわかった。がんばったものである。一人の作家の主に短編を五、六作読み、そのあらすじと「解説」を記した。ボールペンと鉛筆、色鉛筆で書いた。そして、よせばいいのに、そのなかにはがきほどの大きさの「しおり」まではさんで

いる。たとえば、

「現実の暗さ　国木田独歩！」

「人情の厚さ　宇野浩二！」

「広い範囲　日野草城！」

「簡素で瞭然　志賀直哉！」

などと。「広い範囲」ってなんだろうね。子どもだからわけのわからない言葉もあるのである。「解説」の文章もおとなびた、むずかしい表現を使っているが使い方のまちがいも多い。はずかしい、のひとことに尽きる。

ぼくはこのころ「文学少年少女協会」という架空のモノをつくり、こうした自分の手書きの本に、そのハンコをぺたぺた押した。親にはないしょ、町のハンコ屋さんへ出かけてつくってもらったゴム印だ。頼むとき、とてもはずかしかった。

また高校二年のとき、最初の詩集を三部（手書き・青色の複写）つくった。

子どもは、あとから自分でも忘れるものに、精出しているものである。でもこういうことをしておくことは悪いことではないと思う。「はずかしい」思い出が、思い出になる。

美しい砂

大正、昭和期には投稿雑誌（投書雑誌とも呼ばれた）が若い人たちの作品発表の舞台として人気をあつめた。主なものに「文章世界」（博文館・明治三九年創刊、田山花袋、加能作次郎らが編集）、「文章倶楽部」（新潮社・大正五年創刊、加藤武雄らが編集）、「中央文学」（春陽堂・大正六年創刊、細田源吉らが編集）など。既成作家も新作を寄せたが、投稿欄には若い書き手たちが集まった。もの書きをめざす人は最初から「新小説」「太陽」「中央公論」「新潮」などの文芸誌には発表できない。まずはここで腕だめし。

投稿欄は「短歌」「詩」「散文」「短文」など、いくつかの項目に分けられていた。「短文」は、二〇〇字くらいのちょっとした文章のこと。いまは見かけない形式だが、文章のセンスを磨くのには役立つ。

大正四年三月号の「文章世界」投稿欄。そこに、のちに「第七官界彷徨」を書く尾崎翠《おさきみどり》（一八九六―一九七一）の名前が見つかる（筑摩書房『定本　尾崎翠全集』上巻）。尾崎翠（当時一八歳）は鳥取高女を出て、同県岩美郡の尋常小学校の代用教員をしていた。

散文「朝」(一六〇〇字ほど)は、しずかな朝の渚を歩き、村人とあいさつ。「未知の人から向けられた言葉にも、私は真のうれしさを感じながら言葉を返した」などと春景色をスケッチ。選評で西村渚山は「繊細な中にも、広大無辺な大自然の包容力を暗示したやうなところが面白い。人間としての作者が、その大きな溶炉の中に融けて流れて、同化して行くさまが一篇の中に目醒しく描き出されてゐる」とする。

次の四月号には、短文「草に坐りて」(二七〇字ほど)が入選。あたりの草をむしっては、麦の芽に投げかける動作からはじまり、「あかいともしびが山なみのあひだにかくれてゆくと、私は後のさみしさに又やはらかい草をむしつた」。

加能作次郎の選評は「膝の下の草が暖かになるといふあたりなど面白い」。同一二月号には短文「宵のたより」が入選した。加能の選評は「こまかい美しい砂に触はるやうな柔かい感触を与へる、文章も洗練されて居る」。書き手の身の丈に応じて、選者はことばを寄せた。それもあって短期間に尾崎翠の文章は向上したようである。

「散文」「短文」の内容は、今日の目で見ると、意外に穏やかなものである。話をつくるのではない。その人の資質が浮かんでいるという感じのもので、無理がない。こうした文章のつみかさねがたいせつなのだろう。尾崎翠は五年後の大正九年一月号の「新潮」に長編「無風帯から」を発表し、文壇にデビューする。

室生犀星、内田百閒、久保田万太郎、小島政二郎、片岡鉄兵、吉屋信子、今東光《こんとうこう》、横光利一、米川正夫、山内《やまのうち》義雄などが「文章世界」の投稿から、出発した。多くは中学時代に雑誌を買い、そのあと投稿をはじめた。とりわけ尾崎翠のように、地方に暮らす若い女性にとって投稿雑誌は心の支えになったようである。

なかには、こんな「女性」もいた。

広津和郎は、明治の終わり、一六歳から一九歳までの時期、「女子文壇」「万朝報」などに投稿したが、父親（作家・広津柳浪）にばれないよう、女性名をつかった。「赤崎あい子」「森とよ子」「白金竹子」らが書いた入選作の一部は、『広津和郎全集』（中央公論社）第一巻に収められた。

夢と光の日々

読んで、楽しい。あとから思うと、いっそう楽しい。

『瘋癲《ふうてん》老人日記』（中公文庫・二〇二二）は、谷崎潤一郎（一八八六―一九六五）最晩年の長編。一九六二年、七五歳で刊行。「不良老年」卯木《うつぎ》督助《とくすけ》の日記だ。漢字とカタカナ。読みづらいがすぐなれるので、大丈夫。

督助、七七歳。裕福で教養も豊か。でも体のあちこちの病と痛みに苦しむ、ヨボヨボの老人。今日は「死ヌンヂヤナイカナ」と思う日々。そこに光がさす。息子夫婦と子どもは、二階。督助には、夜、住みこみの女性が世話をする。婆サン（妻）は別室。

息子の嫁、颯子《さつこ》は昔、踊り子で日劇にも少し出たとか。嘘つきで意地悪だが若く、美しい。督助は不能なので「変形的間接的方法デ」悦びを得たい。「サウ云フ予ノ心境ヲ、颯子ダケハオボロゲニ察知シテキルラシイ」。しめしめ。さ、ここからが勝負。

踊っていたので足がこんなになって、と颯子。「ドレドレ、チヨツトオ見セ」と督助。ある日、浴室のなかの彼女から、入りなさいよ、といわれる。「這入《はい》ツテモイヽ？」「這入リタインデセウ」「別ニ用モナインダケレドネ」。この「別ニ用モナインダケレドネ」とは、かわいらしい。またある日、ネッキング（互いに抱きあって首筋などにキス）を許されるが、一五カラットの「猫眼石」をねだられる。三百万円。高くついた。でも女性は命の支え。

どうなるか。督助は懐かしい母の美しい素足を思いうかべ（すばらしい文章）、思いつく。「颯チャンノ足ノ仏足石ヲ作ル」ことを。死後、墓に入った自分の骨が、彼女の美しい足に踏《ふ》まれることを、夢見るのだ。「死ンデモ予ハ感ジテ見セル」「痛イ、痛イ」「モット踏ンデクレ」——。


谷崎作品というと、女性崇拝、被虐趣味などのことばが飛びからが、ぼくはそんなこと一度も思わなかった。面白いので、それどころではないのだ。夢と光と痛みにみたされた老人。いのちがけの姿は、胸に刻まれる。

こんなお嫁さんが、そばにいなくても、この年齢の人の多くは、似たような気持ちで生きているのだと思う。でもはずかしいので自分で語らないだけだ。どこにもあるが、ここにしかない。そういう世界を、谷崎潤一郎は書いた。すなおに、明るく、きちんと。作者は自分に酔いしれるようすがまるでない。澄み切って、無表情。冷静で、堂々としている。そこがすてきなところだ。

颯子と督助の、かけひきの妙味だけではない。歌舞伎、ボクシングのことなど、添景もみごと。薬の種類と症状の記載もこまやか。いまこうしたけれど、気づかれたかな、見て見ぬふりかな、など大小の視線を随所にひそませる。

でかけたとき、デモがあるので道を変える。「死ノ灰」、岸信介元総理なども、ちらり。でも、社会など小さな点に過ぎない。

死を前にした人の目の奥には、とてもひろいもの、深いものがある。そこで人は新しい世界と出会うこともできるのだ。そして真の文豪の作品は、どの人がどのようになっても、その姿を見つめる、おおきなものなのだ、ということがわかる。長く生きた人、長く生きたい人の心の底にひびく、谷崎潤一郎の最高傑作である。板画、棟方志功。絶筆「七十九歳の春」など随想二編も収録。

形にならない心へと向かう

木山捷平『耳学問・尋三の春』（小学館・二〇二三）は、私小説の鬼才、木山捷平（一九〇四―一九六八）の短編集である。一九三三年から一九五七年まで四半世紀の制作。敗戦時の満州で、ほんの少しのロシア語で窮地を脱する「耳学問」、子どものときの思い出「尋三の春」が表題。傑作ではなく、ちょっと並みの作品かなあと思われるものも、いい。

前記「尋三の春」は尋常科三年のことなので、読み方は「じんさんのはる」。尋常の六年間に五人の先生に習ったが、大倉先生もその一人だと。そのあと。「そうだ、あれは明治四十五年のことであるから、もう二十何年も昔のことだ」。この「そうだ、」がいい。すなおに、思い出したまま書いていているのだ。ぼくはこれを見て、びっくりした。小説とは思えない、文章の呼吸が楽しい。心地よい。

大倉先生は明るく、意外性をもつ先生。子どもの「私」は学校が楽しみになる。「生れつき学問嫌いの私も学校に行き甲斐を感じていた」と。まだ子どもなのに「学問嫌い」とは面白い。こうした、ころあいに出ることばも輝くので、こちらの心は、すみずみまでみたされることに。

木山捷平の小説の、尋常ではないところだ。「一昔《ひとむかし》」と「出石城崎《いずしきのさき》」は、一九歳の「私」が、兵庫・出石で小学教師をしていたときの話。

「一昔」は、お行儀はよくないが、なんともにくめないボクちゃんという愛称の小学生のこと。ある日とても綺麗な花をもってきたので、聞くと、「家に作っとるんです」とボクちゃん。「ボクちゃんがか?」と聞くと「いいえ、家のひとがです」「ああ、そうか」。普通なら作家は、「聞いてみると、家でつくっていると、少年は答えた」あたりにするところを、会話のひとつひとつを省略せず書く。伸びたような、何か余ったような感じが二人のやりとりを、いきいきと再現する。さて、ボクちゃんにはお姉さんがいる。ある日の晩に、校門のところで、こちらにお辞儀をする姿をみかける。でも「それきりボクちゃんの姉さんを真正面に見る機会を失ってしまった」。「ただ一度半月の光の下で見た、その細っそりとした黒い影だけである」。この程度のこと。でもぼくは何か人の心の深いところにふれる気持ちになるのだ。

ボクちゃんによると、お姉さんは「私」のことを「学校中でいちばん頭がええ」と言った人。こんなふうにみられると「凡人はうれしいもの」。たしかに。でもそれだけではない。「真正面に見る」ことができなかったとの一文には文学を通してしか感じとれない、人間の感性がにじむように思う。それで心に残るのだ。

「出石城崎」は、同僚の女性教師との出会いと、再会。ただそれだけのことなのに、どきどきしながら読んだ。恋愛でも友愛でもない。そんな形にならない心の世界へと向かった。そこに独自の領域を開いた。木山捷平『大陸の細道』（講談社文芸文庫）の解説を書いた吉本隆明、さらに三島由紀夫も、木山捷平の作品を高く評価した。読者もこの作家の世界を、これからも大切にすることになるだろう。

こちらは特になんの用意もしなくていい。そのままの姿勢で、ひとつひとつ読むと、いくつかのだいじなものにふれることになる。そんな文学作品は昔もいまも少ない。こういうものを書くために、木山捷平は人知れぬ努力を重ねたことだろう。全一三編。

悲しいもの

八木義徳『文章教室』（作品社）は、志賀直哉、川端康成、三島由紀夫などの作家や画家、彫刻家らの「名文」をもとに、文章について、静かに思いをめぐらす一冊。

「夜の底が白くなった」（川端康成「雪国」）。これがかりに「夜の空は暗かったが、地面は雪明りでほの白かった」では、ただの説明である。いい文章は説明ではなく表現だ、と著者は述べる。

「飛び立つと急に早くなって飛んで行く」（志賀直哉「城の崎にて」）。蜂の飛行の描写だが、たしかに、「まるで眼に見えるような感じ」だ。

「小説の文章は哲学や評論の文章とはちがう。それは単にある〝思想〟を伝達するだけではなく、同時に〝感情〟をも伝達しなければならない」と著者。

生きた文章を書くのはたいへん。そして、それを読むほうも、たいへんだ。引用された諸家の文章を読みながら、ぼくはしきりに胸がつまり、ページページに停留したのである。佐多稲子「夏の栞」、林芙美子「晩菊《ばんぎく》」、大岡昇平「俘虜記」、結城信一「空の細道」……。深沢七郎の随想「生態を変える記」は農家の寄り合いに出るが、なじめない。「突然、私は自分の畑へ行きたくなった」。こんな一文を浴びせられると、文章は内容だ、内容があるとき光るのだと思ってしまうが、著者はそうした「名文」の「生き物」としての魅力を、言葉の動きに沿って物語る。先人の「永い苦闘の歴史」をたどるのだ。紹介役に徹し、表現はいたって簡潔だが、著者の文章への思いは熱い。若々しい。

本書を読みながら、「名文」は悲しいものだと思った。ちょっとした、心のできごと、言葉のできごとでそのようなものになるという、あやういもの。それが「名文」でもある。だからこちらのほうに、ほんのちょっとしたものを、感じとる気持ちがなければ、それは時代から、ばっさりと消される。

いい文章は、そうではない文章以上に、はかないものである。はかないものを、しっかり見ておくことはたいせつだ。

自転車で歩く人

かたき地面に竹が生え、
地上にするどく竹が生え、
まっしぐらに竹が生え、
凍れる節節りんりんと、
青空のもとに竹が生え、
竹、竹、竹が生え。

（「竹」）

ある日、教室で先生が萩原朔太郎の詩の話をする。「竹が生え」が何度もでてくるね。「くりかえし」は、ものごとを強調したり、リズムを作ったり整えるときの、詩の工夫のひとつだ、と。なるほど。そのことばに納得して（というか、させられて）ぼくのあたまのなかに青々とした竹が生えてくるのだった。

人のいうことに納得のいかない年齢になって、この詩を見直すと別の感想がわいた。小さいるときの母親が「何度言ったらわかるの！」とよく言ったけれど、あれも「くりかえし」にあたるんだろうか。そのことばをまにうけて「三度言われたら、わかります」と答えたら、へんな顔をされると思う。「くりかえし」というのは何度くりかえすかではなく、「くりかえし」という一つのことをしているのである。「くりかえし」は、それ自体が表現なのだ。他にことばがおもいつかないわけではないがここは「くりかえし」という一つのことばにゆだねよう、ということだ。つまり、「くりかえし」は「ことばがない」という、状態の暗示であるのだと思う。

彼の詩のあたらしさは、ことばがある世界ではなく、ことばがない世界からもたらされた。それまでの詩は、おおざっぱにいうなら、ことばのなかに、詩の世界がのみこまれていた。詩が、よりひろい世界、ひとがふつうでは意識できない世界にもふれるためには、ことばという、社会や一般通念に吸収されるものではなく、もっと個人的な、肌で感じるものとのつきあいを深めなければならない。ことばをなくしている状態は、詩が生まれる土壌でもあるのだ。

だがくりかえされたことばのなかには、すでに作者の姿がないことも多い。意識がそこに集中するために、気をとられ、かえってそこが、ここをこうしようああしようといった、ことばの問題になってしまうからだ。むしろ、その詩の平常のところ、「くりかえし」ではないところにその人の知覚や現実に対する見方が現われることになる。この詩から「竹が生え」をとっぱらってしまうとどうなるのだろう。

かたき地面に
地上にするどく
まっしぐらに
凍れる節節りんりんと、
青空のもとに
竹、竹、

なんだかこざっぱりしてしまったけれど、こうして詩が半分になっても「かたき地面に」「地上に」「まっしぐらに」「青空のもとに」というように、「に」をもったことばのくりかえしがあることに気づく。「くりかえし」の効果を高めるためにもこれらのことばは、詩人の目で選ばれてはいる。しかしここに何をいれるかはわりかし自由がきくから、作者の力がゆるむところでもある。ゆるんだ分、ことばではなく生活が出る。意識の呪縛をはなれた、いつもの暮らしのなかで作者が何を見、何を求めているのかを知ることができるかもしれない。

しづかにきしれ四輪馬車。

ほのかに海はあかるみて、
麦は遠きにながれたり、
光る魚鳥の天景を、
また空青き建築を、
　しづかにきしれ四輪馬車。

「天景」というこの詩にも「四輪馬車」と、「に」という二つのくりかえしがある。以上の二篇の詩に出てくる「に」の多くは場所を示す「に」だ。もしくは「まっしぐらに」「ほのかに」というようにものごとの具体的なありようを伝える「に」だ。この二種類の「に」は別物なのだが、仲良く並んで「くりかえし」を支えている。これは朔太郎の詩の多くにみられる特徴のひとつだ。竹も馬車も、それがどこにあるのかは情報として不可欠だから当然「に」は多くなる。でもその度合いをはるかにこえて、場所が強く意識されているように思う。そしてその場所は感情や物の様子を具体的に述べることばと、とても親しい関係にあるようだ。

　月が出た、
丘の上に人が立っている。

帽子の下に顔がある。

（「蛙の死」）

この妙な雰囲気の漂う詩については、なぞめいているだけに人はいろんなことをいってきたけれど、これは単に場所を書いた、というだけのものであるようにぼくは思うのだ。「丘の上に」「帽子の下に」という位置を表すところに、重心が隠されているように思う。少なくとも、場所や位置を書いたときに作者は、心が落ち着くみたいだ。場所なんてものは詩においてそれほど熱の入るところではないのだが、そこで神経が休まるとするなら、彼の心が抱える問題の性格はそれほど複雑なものではないのかもしれない。朔太郎の詩は復讐だの、病気、郷愁だのが作者の口から飛び出してくるので人生のマイナスの味覚をこれぞ詩的なるものの醍醐味とみる読者を随分よろこばせている。彼が力をこめて主張している部分はいかにも人を酔わせる情調的要素にみちてはいるが、詩は主張とも自覚とも別の独立した生き物で、そのおそろしさを知っているためにことばを、ことばでないところ、純粋に感覚的な地点から立ち上がらせたのが朔太郎その人であったことを振り返っておきたい。

場所に対する過敏さは、人の住む場所が生活という名前のものですきまなく汚されていることへの反撥と怖れから来ているのかもしれない。お父さんの仕送りによって詩や詩論を書く生活を送れた詩人は、生活のマイナスは知ってもプラスの味に生涯うとかった。他人や社会を受け入れるゆとりも持ちにくい人だった。自分の外側にひろがる社会はすべて「他人」であっただろう。見方を変えれば「生活」は恨みの対象ではない。むしろ彼には未知の、夢想の世界でありつづけた。これが朔太郎の詩を痛ましいほどに異様なものにしている。

見よ！　人生は過失なり。
今日の思惟するものを断絶して
百度もなお昨日の悔恨をあらたにせん。
（「新年」）

と、詩人は四七歳にして叫ぶ。盆も正月もやってこない人だったのだ。生活を欠いた人生から生まれた詩は、ぼくらの月並みな人生の参考にはならない。だからその郷愁なり復讐なり悔恨なりのことばをぼくらの感覚で語ることには当然無理がある。朔太郎とはちがって生活のよしあし、その両面を知ることが生きることであると望む人にとって、彼の詩がリアルであろうはずはない。朔太郎はしかし晩年になって、ようやく凡人の味を知ったようだ。人に会うのも楽しくなり、「次第に世俗の平凡人に変化しつつある」（「僕の孤独癖について」）と、いわば社会復帰のよろこびをつづっている。生活の発見。そのうれしさは伝わるものの、なんだか気の抜けたようなこの文章は印象的だ。ぼくらが目にする現代の詩はほぼ例外なく、現実の社会を基盤にして書かれている。どんなものにも生活のにおいがみとめられるといっていい。それは社会が、世界より発達したためである。詩でも小説でも、そこには、ぼくらを日常的にとりまく社会よりもより現実的な「世界」があるという気持ちにかわりはないが、それをしのぐほどに社会は発達し、世界を超えてしまった。詩人の感覚の解放も、夢想も、不可能ではないものの、困難になった。詩は場所をうしなっているともいえる。

生活から切れた場所に目をきらきらさせてたたずみ、個人の感覚世界を存分に生きた朔太郎は、物質の幻想とも無縁であった。その詩はぼくらの目にはうつらぬほどの過激にして純粋な、生命そのものの生き方を伝える。

さて朔太郎には「自転車日記」という短いエッセイがある。ぼくはこのエッセイを読んで朔太郎さんがとてもすきになってしまった。だってかわいいんだもの。その詩よりも親しみを感じてしまった。

弟の助けを借りて、三六歳（大正一〇年）で自転車をならいおぼえたときの記録である。乗って、すぐ倒れたこと。つぎには直行しかできず倒れたこと。そのつぎは人にぶつかってしまい、やっぱり倒れたこと。朔太郎さんもぼくらが子どものときのようすとおなじように倒れているではないか。乗らずに自転車を引いて歩くほうがこの詩人には似合うかもしれないが本人は乗りたかった。社会をのぞいてみたかったらしい。でも倒れた。それで自転車がいやになり、でも少したったらもう一度と挑戦するあたりの気持ちまで含めて、朔太郎はぼくらの身近な存在だったのだと知る。あーあ、こういう生活への努力をすれば、努力を歌っていけば、詩人は必要なだけのしあわせを手にしたろうに。詩人なんてなってもしようがないんだからと、まあ、思ったことである。しかし彼は、ぼくらにはこれから望みようもないはげしくてなつかしい世界の、ある場所で、自転車の練習をしている。

太郎と花子

子供の詩ができあがっていく過程には定則が存在する。そのルールは鞏固《きようこ》なものだ。おとなのものより鞏固であることもある。

『三島由紀夫全集』第三五巻（新潮社・一九七六）に、三島由紀夫が七歳のときに書いた詩「秋」（昭和七年）が載っている。「秋が来た」で始まる短いもので、庭に立つと、木の葉が「ぼくをめがけてよつてくる」。全集の順に従うと、次に書いたのが「春」（八歳）で、次も「春」（九歳）。このあとも「春」（一〇歳）、同じ年に「みのりの秋」を書く。春、夏、秋、冬。季節の数はいうまでもなく四つ。子供は、種類の少ないものからとりかかる。

色のほうはどうか。最初の詩「秋」に「おにはの柿はあかい顔／木の葉もまねしてあかい顔」と、赤が出る。この段階では赤だけで、そのうちに色がふえる。「春」（九歳）の全編。

春だ
たふれてゐた草々も

頭をもたげた
わらの霜よけも
取りのけられた
青い芽は
赤い芽は
青い天井をながめて
よろこんでゐる

青と赤、二つの色を自分の世界にひきいれることができたのだから、作者は満足だったろう。色彩は季節の数「四」をおおきく上回る。視野の拡張、個性の萌芽によって種類の多いものに向かう。これもルールである。

四季と色彩のあとは、時間である。一一歳の「雨空」に「今日も降るかな銀の雨」とあるが、今日、昨日などのことばが入ることで詩趣が深まる。

新潮臨時増刊《三島由紀夫没後三十年》（二〇〇〇）で公開された「明るくなる町」（一二歳）には「いつかの昔」「人々は去年のやうに」といった、時間をひろげることばが見える。季節、色彩、時間を詠むことは子供の詩の定則であり、定則にそって詩は色づく。三島少年の一〇代の詩はルール通りに進行した。
二〇歳のときの「バラアド」は、彼が残した詩のなかでもっとも完成度の高いもののひとつ。「さくらさくころに／しづかに汽車が出る」。その汽車には太郎と花子の二人が乗る。このあと、その光景は過去のものになり、物語はこう閉じられる。

沖を何かが通るのだつた
見ないでゐると。ふたりの心に。
海のほとりを　汽車ははしつた
むかし　花子と　太郎が　ゐて
それに乗つたが――
さくらさくころに。

ここでは定則がそろう。「むかし」（時間）「さくら」（季節と色彩）である。それに〈何かが〉という秘密のことばが加わるから、詩は絶頂の時期を迎えているとみていい。だが太郎も花子も、しんと静まり返っている。なんだかさびしそうだ。「ここまで書かれたのに、終わってみればこんなものなのか」。そんなささやきが聞こえてきそうだ。「さくらさくころに」の音とリズムの美しさも、作者の実の気分とは離れているように思う。

三島少年は定則通りに詩を書きつづけたが、普通とちがうところがあった。それは詩に笑いをつくるためのゆるみがとぼしいことである。この太郎と花子の世界などは、ユーモアが顔をのぞかせていいムードなのだが乱れなかった。道をはずれることはなかった。

詩は散文とはちがって、通常の呼吸法からは生まれない。詩を書くことは、人前で、自分の風変わりな口もとを示すことである。だからそれは実はとてもはずかしいし、自分で自分を笑ってしまいたい、そんな空気のなかに身を入れることなのだ。いくつかの「笑顔」が含まれることで、詩という特殊な表現は、道幅をひろげ、一般的な社会と接点をもつことになる。それは詩のいのちである。彼は詩の最後の定則には、めぐまれなかったことになる。

三島由紀夫の小説「美しい星」の冒頭。車庫からみんなを乗せた車が出発する場面。

「エンジンが冷えてゐたので、音ばかり立てて発車に手間取るあひだ、乗つてゐる人たちの不安な目はあちこちを探つてゐた。」

不安な目できょろきょろ、とはおもしろい。書いている作者も、楽しいはずである。ぼくはこういうところに喝采する。こういう文章は、いつまでもおもしろいし、消えにくい。三島由紀夫は詩では笑えなかったが、小説のなかでよく笑った。それはとてもよかったと思う。太郎と花子にとっても、よかったと思う。

ホームズの車

訃報に接してから、この半月の間、さながら亡者のように過ごしていた。

こんなことは、なかった。たしかにまだ手も足もあるのだが、それでも人心地を欠いているといえるのは、人の死というものに寄せる、かつてない感慨にとらわれているからだろう。ぼくは生まれてからまだ肉親の死をみていない。九十五歳でぴんぴんしている祖母、彼女が張りわたす緊張感でぴんぴんさせられ幸か不幸か自分の老いを忘れている父と母。祖母は天井知らず、このまま行けば、ぼくが死なないかぎり、この一家から死者は一人も出ないのではないかという気さえしてくる。肉親の死をみるのが怖い。ぼくの目の黒いうちに彼らの終わりをみるのは耐えられない。死において不毛な一家の屋根の下で、まるで子どものようなおびえ方をしているのだ。そんなところへ、いま、肉親の出来事とも思えるほどの近しさで一つの死が伝えられた。鮎川信夫は遠い人だったはずなのだ。それにまた小心なぼくにとって、そもそも他人の死は遠いものだったはずなのだ。それが、どうして、ぼくをかなしませ、かくもしめつけてくるのだろう。

だいじなときに、また自分の話だ。ぼくが生まれ、そしてまだ彼らを住まわせている家屋はいまも兵舎の上に建っている。兵舎と書いたが何の兵舎かは知らない。コンクリートの土台が、つまり兵舎の下積みの部分がそっくり、わが家の土台となっていて、ぼくのうちが戦争の上に出きたという事実をさらしている。戦後というより、戦中をしたじきにしているわけなのだ。ぼくはそうした、戦争の「上」で九九をおぼえ、一人あそびをし、ついでに詩の書きぞめまですませて十八年を送ったことになる。縁先に出ると、そのコンクリートが、雨の日は雨にぬれているのである。四人の家族はぼーっとして、それをながめている。もちろん、こうしたなきがらの「上」のくらしはどこにでもみとめられたろう。そしてそれはいま周囲からゆっくりと消えていく。鮎川信夫の死を知ったとき、ぼくはまず家の立場を思いうかべた。

明るいガラス管の中で
バラ色の手に名刺が
蝶のやうに跳ね返つた
ポケットに捕へたのち
眼が覚めた
一すじの血が

名刺を通過したが
バラ色のそれは
骨のかたちを残して去り
白い灰となり
皿に落とせば貝のひびき
ドアを抜け出て
噴水へ

（鮎川信夫「名刺」）

「上」でくらすなどといっても、何の上か何をしたじきにしての「上」なのか。それは、いまではどうでもよくなっている。ぼくらはそうしたいまを一日一日と仕立て上げてきた。「上」のくらしは「橋上の人」のように、水さえもながれてはいない。おもちゃみたいなものだ。九十五歳のおもちゃ、死にびくつくこちらもおもちゃ。まさにそれは「貝のひびき」ともなれるものだ。そしてあげくには、おもちゃは水をしくみとした「噴水」へさえ容易につながる。それだけのことだ。そして時だけが壮健に流れている。

ぼくはこの「名刺」という、いささかフランスムードの、しゃれた、さみしい、それだけに印象のふかい戦中の詩を読み返すところで詩人の立場といったようなことを思った。彼はほんとうには、どこで書いているのだろう。書きたかったのだろう。「上」で書いた詩のようでもある、だが「横」で書いた詩のようでもある。「上」や「横」とも無縁の、宙空にささげられたもののようにもとれる。それこそ土台、わけのわからない詩なのだ。だがここには何だかハネがあるではないか。

この詩は軽くもある！

と、ぼくは投げすてるように、つぶやく。そう見たところで、ようやくこの詩はおさまるかにみえる。

鮎川信夫は書いている。その卓抜なエッセイ、「パチンコとゴルフと」のなかで。

遊んでいるかぎり、この世の中心にいることはできない。だが、そうかといって、この世からはみ出しもしないといったところが、遊ぶ人間の位置ということになるのであろう。

さらにまた同じ人がこう書くのである。「現代詩とは何か――序章」で。初心者にあてて。

したがって、（注・戦後の詩の）「現代詩をいかに書くか」という問題は、「現代詩がいかに書かれているか」を調べたり、説明したりすることから、「いかに書くべきか」を探究する方向をとります。

二つを並べるというのは思いつきではない。『新選鮎川信夫詩集』(思潮社)には、どういうわけか、あまたある氏の詩論のなかから、この二つが採られているのだ。二つきりである。だがここにおいてこの数は十分なものだと、ぼくには思えてしまう。「現代詩とは何か」は、ぼくの単純なあたまで分ければ戦争の「上」で書かれたものである。一方の「パチンコとゴルフと」は、ひとまず、「上」ではない。どちらかというと戦争の「横」で書かれている。と書いたそばから、ぼくはこの「横」としたものを、あわてて「上」と書きなおしたい衝動にかられる。「遊ぶ人間の場所」というものを、無邪気に「横」の立場で書けるとは思えない。それはよそおわれているだけである。鮎川信夫の「横」は、うっかり生まれてしまったものを含めてどこまでも「上」で書かれていた。「上」は「下」でもあり「前」とも「背」ともなろうものだが、「横」という位置からは遠いものだといえるだろう。だが鮎川信夫の詩には「上」「下」「後」(ここでようやく戦後がとびだす)への強い傾きが見られるだけではない。読者の多くはその傾斜面へ注がれた力に戦後詩を、鮎川信夫をみてきた。長くみてきた。しかし長くみてきたということは長くとじこめてきたということでもあるだろうか。彼は「横」に立つ人としての一面をも鮮やかに覗かせていた人であるのに、ぼくらは彼にもっぱら「上」の語り部を期待していた。まるでそれとしてしかみえないというように。こうした読みが、戦後詩一般を度をこえて禁欲的に振る舞わせたのだとはいえまいか。

この間にぼくはてもとの『著作集』を詩集をと、できるだけ彼の著作をたぐりよせた。この秋口に買ったばかりの氏の訳書『シャーロック・ホームズ大全』（講談社）までをかたみに、このあと詩はどうなるのだろうという素朴な、かつ当座的な疑問に少しでも形を与えようとした。それは、ホームズをうしなったワトソンのたまごが路頭にまようというさまであったか。おそらく多くの人びとは大小のワトソンとして投げ出されているのだ。

そこで鮎川信夫の「上」の詩を再びたぐりよせ、こころにおさめ、それでもなにか不足の思いで、「横」顔にも目を送り込んでいき、そして、ぼくらの詩はこれですべて、「横」でしかなくなる、という氷をあてられるような思いにおそわれたのだ。おそらくこの詩人の死はこのの ち書かれる、意識的に、戦後という「上」に思いをかけながら書かれる詩、さらに一見その流儀を洗いながしたかに思える詩にまで、影をおとしていくことになるだろう。「上」を書く人はいる。そして「横」を書く人は無数にちらばっている。だが目をあけたまま、その二つを生きて、滅びることのできる存在はいまうしなわれたのだ。

鮎川信夫の詩はわかりにくい、と人はいう。「上」に「横」と、一つぐらい目線を加えようと、容易にみえてくるものでない。だが、思えばそれはなんと詩にとって、自然なことであろう。ぼくらの理解をこえて、詩は詩の稟質を示しているにすぎない。詩とはそのようなものでいいのだ、とぼくらはなぜいえないのだろう。いえなくなったのだろう。

鮎川信夫は、人が何かになってしまうということに意義をみず、むしろそれをいちばんおそれた者の一人であったとぼくは思う。何かになること。それは誰しもの初心が抱く期待だが、人はそこに向けて次第にかけ足になる。いまや詩人たちでさえことごとく何かになろうとしており、すでにして多くは何かになってしまった。残る人も気がゆるめばたちまち、何かにさせられてしまう。むしろ、鮎川氏のさきの禁欲の精神は、この一点において、ぼくらのなかへ働きかけなければならなかったのではなかろうか。といいたいほどに、「横」にひろがりながら、渇くことをしらない何ものかになってしまっている。そうした現代詩は、鮎川信夫の目には敵ですらなかったであろう。

鮎川信夫をうしなったぼくらは、あなたをうしなって、もはやものの読み方をなくしてしまった、あるいはあなたのことばをささえに生きてきたわたしたちはほうり出され、とほうにくれている、——といったことばを、実に思いのほかスムースにくり出すことができる。しかしどうなのだろうか。そうしたいい方や心情のうちには、晩年の「コラム」や「発言」が焼きついている。生々しい記憶として。それはたしかにそうなのだ。しかしいったい、詩人がどうするどく社会をみすかそうと、それはそれをかてとしてさずかるぼくらにとってはいざ知らず、ほんとうのところ、何なのであろうか。社会へのするどい見方、などというものは詩にとって、何ほどのものなのだろうか。一篇の詩は、そのときどこに置かれるのだろう。読み方、見方などというものが詩をどうしてくれるというのだろう。何ほどのものでもない、そして何かでもない。と教えたかにみえる「識者」のことばは「時評」も「コラム」もふくめて怪異である。そこを、受けとる側も、いつわってはならないだろう。ぼくはうすらいだ自分の家の立場を思いうかべたと書き、そして以上のようないうまでもないと思えることを書きそえていくところで、戦後詩を書くことのない自分までが戦後詩の人となってそこにしっかりとゆわえられていくような妙な気分におちいっている。しかしながらそれは戦後詩が「上」を書いたことへの共感によるものではないのだ。「上」を書いていたはずの人が詩の生理として同時に「横」にまみれてもいた。そこに目を開き、耳を傾けたいのである。詩を見えないものとするために。鮎川信夫の死によって、ぼくはゆっくりと戦後詩の人になっていく。誰に教わるでもなく、どこをめざすでもなく、人はそのようにあるき出すこともあるだろう。

故人と話をかわしたのは十年前、たった一度であった。座談会のあと、「誰か渋谷の方へ帰る人はいないの?」と声をかけた鮎川さんの車に、ぼくは乗せてもらった。外車というものなのだろうか。ハイカラでピカピカのモノの、ふんわりとしたワタの上に乗っかった。ふたことみこと、ことばを交わした。

スムースな運転だった。「この世の中心にいることはできない」。ホームズの車は走ったのだ。

東海林さだお『スイカの丸かじり』

東海林さだおさんの文章は楽しい。いま日本一楽しい文章のひとつだと思う。

この『スイカの丸かじり』は、「スイカのフランス料理」という、奇妙な、しかし実際に存在した料理の話からはじまる。そこではスイカも焼かれてしまうのだ。「スイカ史上初めて」スイカが焼かれたのである。これはたしかにたいへんなことだが、スイカが焼かれたり揚げられたりするようすをスイカの内面までつけあわせて語るのだ。東海林さんの言葉の料理は楽しい。ところでぼくはスイカをつくる農家に育った。スイカは子供のときからたっぷりあった。スイカを食べるときぼくはスイカを切ったことがない。ただ「ボン」と下に落として割り、そのなかの赤い、とても「おいしいところ」だけをスプーンですくって食べる。あとはポイと捨てる。罪深いことである。東京へ出てきて、みんながスイカの皮のぎりぎりのところまで食べているようすを見て、ぼくはおどろいた。文化のちがいというのだろうか。

東京へ出てきたぼくがよく食べたのは、ハムエッグ定食と、中華丼だ。中華丼はいまもどこにでもあるのに、あまり人気のない料理のひとつだが、やはりというか当然というのか、「おもしろみ」のないものや、弱いものの味方である東海林さんは中華丼の再評価に立ちあがる。「ガンバレ中華丼」である。中華丼にはレンゲなるものがついていて、それで、よいしょよいしょと食べていくのだが、著者もいうようにレンゲでは「最後の一口分のゴハンがなかなかすくいあげられない」。するんするんとなって、捕獲できない。あれはやっていてほんとうにはずかしい。見ている人のいないところで、ひとりで食べるのが中華丼なのかも。それにしても、「最後の一口分」が困難であるとはっきり書かれてしまうと、ぼくは今度食べるときにいよいよあせって、余計にはずかしいことになるかもしれない。楽しい文章はこのようにあとを引く。またこういうふうに、いつか思い出すだろうなあ、こまるなあと思わせるような文章はなかなか書けるものではない。

次の「海苔」の一膳も傑作である。海苔の佃煮は、ビン、それも口の小さなビンに入っている。そこに箸をつっこんで「うん、とれた」といいながら食べるところに海苔の佃煮の醍醐味がある。「海苔の佃煮は、ビンの間口の小ささにおいしさがある」とは、至言である。

「その人の流儀　そのⅡ」の「つけ合わせのパセリを食べる人」という文章もおもしろい。何人か集まると、皿に残ったパセリを食べる人がいる。そこまでの観察は誰にでもできるが、その人は、「必ず食べて必ず言い訳をする」とは、すってんころりと転びたいほど、みごとな観察である。その言い訳にはいつも「体にいい」という言葉が入ること、そして「体にいいわよ」と人にすすめるなど、観察はさらにこまかい。いたれりつくせりである。人間は食べるとき、どこかはずかしいもので、てれかくしのつもりか、意外と言葉を残すものである。食べた分だけ言葉を出すのだ。言葉なくしては食べられないもののようである。当然のことに、東海林さんの耳は言葉をみのがさないのである。「パック寿司」の文章も楽しい。スーパーの地下などで「パック寿司」を見かけるようになった。一個五十円など、どのネタも同じ値段だ。ところが人間は「ついふだんのクセが出て、イカにマグロにタコに、なんて取りあげていって、次にウニを取りあげようとして、つい、手がひっこんだりする」。

お客さんが来たときに、この「パック寿司」を出す家もある。その場面の「描写」もまたふるっている。

〈客は、一個食べては「これで五十円」、二個食べては「これで百円」「あと四個食べると合計三百円」と、頭の中から値段のことが離れない。合計三百円食べたところで少し考え、

「あと二百円いくか」

なんて考えたりする。

寿司を出したほうも、客が帰ったあとで、

「あの客は六百五十円食べていった」

と、金額がはっきり頭に残る。〉

まさかそんなことはないよと思いながら、これを読むと、この世の中はこうした光景にみちみちていると思ってしまう。しかしそれにしてもこの文章は、いったいなんだろう。ただ観察がこまかいだけなのかというと、どうもそれだけではないように思う。

「合計三百円食べたところで少し考え」とあるが、この「少し考え」というくだりで、ぼくはもう笑いが爆発してしまうのだ。これはほんとうにほんとうにしっかりと、その描写（想像）の対象となる人の心のなかに入っていって筆を動かすときにしか生まれない性質の文章であると考えられる。そしてちなみに、この文章の前後を読むと、著者がこういうふうに「パック寿司」を自宅等の領域でふるまったことがあるのか、それともそれはなくて、想像したことなのかが、いっさい示されていないことに気づく。

「『このセロハンパック寿司』は客に出してもいいものなのかどうか」とはじまり、「その場合、セロハンを全部はがして出すべきなのか、それとも包装したまま出すべきなのか」という客観的問題設定はあるものの、そこからいきなり、先ほど引用した「会話」がはじまるのである。

つまり著者はこの文章のどこにも、自分の体験を書いていないのだ。「私小説」ではないのである。どこか中空の、ある視点から、ものごとにまつわるものいっさいがっさいをあらいざらい指し示していくのである。創作でもない。記録でもない。その折衷でもない。どちらでもないもの、なにでもないもの、普通とはなんかちがうものをよりどころに文章は動いていき、流れていき、読者にささやきかける。すべての文章がそうだというわけではないが、東海林さんの文章は原則として、どこから生まれたかはしらないままに、とても正確でリアルなものを伝えるのである。ときおり箸をとめて、ぼくはそこを静かに見つめることになる。

と、別にむずかしく考えることもないのだが、ぼくらが東海林さんのエッセイにとてもよく笑えるのは、心がからっぽになるほど晴れやかに笑えるのは、彼の文章がこちらが思うものとは別のところに浮かんでいるからだと思われる。その別のところを彼はいつのまにか、つくったのだ。それはいうまでもなく天性のものだけれども、人の天性ほど魅力に思えるものはないのである。この食べ物はおいしいわね、どういうふうにつくるの、という会話があるならば、こういう文章はどうして生まれるのと考えてみるのも楽しい。その楽しみのつきないところに東海林さんのこのシリーズのおいしさがある。

底流にあるもの

『日本の地下水──ちいさなメディアから』（二〇二二）は、生誕百年を迎えた哲学者、鶴見俊輔（一九二二─二〇一五）が一九六〇年から一九八一年、「思想の科学」に連載した時評集。発行は、編集グループSURE（京都）。

全国各地の小雑誌（約六〇誌）を各五ページほどで簡潔に紹介。社会、思想、科学、経済、文化をめぐる多様な誌面の底流にあるものを読みとる。以下、主な雑誌。括弧内のデータは当時のもの。一部表記を変え、簡略化。和暦で記す。ページ数、定価、発行所などもできるだけ詳しく記すことにする。

「福沢研究」。六四ページ、不定期刊、八号まで、一〇〇円、慶応義塾有真寮内、福沢先生研究会の発行。昭和一五年創刊、一八年中絶、二五年再開、三二年中絶。「この中絶の意味を考えてみたい」と鶴見氏。戦中は福沢諭吉の精神を説く余地なし、終戦直後は急進的社会主義の陰に。次の中絶は日本がほぼ安定、その体制を批判するには無力とされたため。常識的、民衆運動の力を信じない、傍観者的などとする、学生たちの福沢批判と、福沢を擁護する丸山眞男の見方を示す。

修学旅行は、昭和二四年ころから花ざかり。関係者が意見を交わす「修学旅行」。年六冊刊、三六ページ、各冊五〇円、送料八円、東京・日本修学旅行協会。昭和二八年創刊。バスガイドも寄稿。「まもなく東海寺というお寺の近くを通ります」で始め、沢庵禅師、賀茂真淵、板垣退助へとつづく台本は戦前では考えられないほど工夫されたもの。「全国数十万の文学青年たちが、同人雑誌に小説を発表するのと平行して、その土地でのバスガイドの台本などを考えてテキストをつくってみる」のも「文学的・思想的にしがいのある仕事では」と著者。

月刊「偕行」。活版三六ページ、一年分四〇〇円、東京・財団法人偕行社発行。旧将校の時局批判など。（戦争は）「あの時、日本側が幾ら起すまいと努力しても私は起きたろうと思います」「あり得るものは、ただ戦争形態の変遷のみである」という「旧軍人の安心立命の境地」を伝える一節もていねいに書き写す。著者ならではの公正さ。

「成長小説」を唱えるのは「北方の灯」。ガリ版、年四回刊、一冊六〇円、三二号まで。福島県郡山市清水台三八・北方文学会、編集責任者戸部砂地夫。昭和二四年創刊、一二年目。最初からの同人は戸部氏一人。自分の成長のあとを成長小説に書いてしまうと、主題がなくなるためらしい。体験豊富で書きつづけた戸部氏は、新参加者の原体験を「よりひろい展望の中で意味づけることを教える、そういうかけがえのない役割を果している」。わかるようで、わからない雑誌。面白い。

月刊「季節」。秋田県二ツ井町、野呂敏美発行、一五円、送料八円、ガリ版。「パーマの問題」を書くのは、二〇歳の高杉優子。パーマをかけたくない、「そんな面倒なことはまだまだしたくない」。周囲の目もあり、しぶしぶパーマ。おとなの仲間入りをしたねといわれたが、そのことばを「心の中に繰返してみた時、私は何か変だと思いました」と優子さん。「周囲の微笑にさそわれてなだらかに」行われる、戦後日本の転向の過程を著者は読みとる。

「古人今人」(昭和一〇年創刊・東京)は、名著『明治大正見聞史』の生方敏郎《うぶかたとしろう》の個人誌。若いときにきわめてよい仕事をし、いつのまにか忘れられる。そんな「説明しにくい例」として、著者は生方の歩みを追う。戦後、銭湯の下駄箱の番号。4、14、24、34、40、44、54など「四の数字がたくさん見えるようになった」。早い時間には4のつく番号は使われないが、いよいよ最後には使われると観察する場面。かつての生彩はない、と著者。「日常断片の中に昭和時代の全体像をうつしだす力」が欠けるとし、社会との交流の意義を記す。「土田杏村とその時代」。昭和四一年創刊、ガリ版、東京。この項では、佐渡生まれの思想家土田杏村が、多くの重要な人たちの個性の「交差点」となったことを語る。

昭和三七年創刊の「映像文化」(東京)第三四号の、今村太平「志賀家訪問」は圧巻。志賀直哉が何のことをしゃべっているのかわからないのに、聞き手は「ハアハア」と応え、終始笑いあう素晴らしい対話を復元。「新人文学」。東京都杉並区下高井戸・志村荘。山本伸子の連載「消えないねずみ花火」（昭和四五年）。「金嬉老事件」のときの同宿者六人を取材。重要な事実が明らかに。「国家をこえる民衆の側面を、私に考えさせる」と著者。「いとこ会誌」（昭和二九年創刊・東京）は三九人のいとこたちが始め、はとこにも拡大。生活の変遷をお互いに知る。宗教誌「森」（神戸市）、二、三歳児のための童話を考える「小さい旗」（門司市）の文も紹介。

これら小雑誌の多くは日頃の考えをもとに、こまやかに注意深くつくられたもので信頼度が高い。いまは発信したい、伝えたいと、人は簡単にいうが、なかみも、ことばもまずしい。当時の書き手は淡々と記した。多くの人に届けたいという気持ちはさほどなかったように思う。文章を読む人の数も期待しなかったはず。そこから数々のすこやかな誌面が生まれたのだと思う。文章と思考が息づく、稀有の一冊である。解説、黒川創。ちなみに本書は、直接販売のみ。定価二八六〇円。送料三〇〇円。

道の影

一九七〇年前後は「評論の時代」だったといわれる。ぼくもまた批評と名のつくものは無縁と思われたのに次々に評論の書籍を買った。詩を読まない人が詩集を買う。評論を読まない人が、評論集を買う。そんな時期だった。百花繚乱、百家争鳴。各世代からいろんな人が現われ読者を獲得していた。

丸山眞男、鶴見俊輔、竹内好、色川大吉、藤田省三。橋川文三、吉本隆明、村上一郎、内村剛介。桶谷秀昭《おけたにひであき》、谷川健一。谷川雁《がん》、黒田喜夫、松永伍一、月村敏行、松本健一。秋山駿、梶木剛、井上良雄、宗谷真爾《そうやしんじ》、日沼倫太郎、田川建三……。

在野の学者・評論家さらに詩論家が目立つ。同人誌をはじめ自主的な刊行物が評論の発表舞台となることも普通だったので読者は努力して集める必要があった。その努力はみながしていた。これらの人たちのなかのある人の本を開き、藤田省三の本がいいと知ると早速それを買う。藤田省三の評論は「　」の数が多いのでとてもぼくには読み通すことができず引き返してしまうのだが、それを知りながら近づいていくのである。

その頃ある方がこんな話をしてくれた。権力者、国家組織を論じる人から、庶民生活や底辺世界をとらえる人までの序列である。高いところを見る人は丸山眞男、橋川文三で少しくだったところは村上一郎、内村剛介、谷川健一、そこからまた少し降りた場所に吉本隆明、谷川雁だと。こうした交通整理を要するほど「評論の時代」は多士済々だったのだ。

ぼくが橋川文三の「文章」を意識したのは二〇年前のことだ。取材で長崎の対馬にでかけることになり『政治と文学の辺境』のなかの「対馬幻想行」を思い出した。生まれ故郷の対馬へ行き、幼時の記憶をたどる紀行文である。小さな「島」をめぐりながら、はるかなものを静かにになう文章だった。

そのあと読んだのは「私記・荒川厳夫詩集『百舌《もず》』について」である。著者の弟さんが詩を書いていたことをそこで知った。読みおえたところで、弟さんの詩作品が、どこにも引用されていないことに気づいた。ある人がその詩の「言葉」の一部を文章で引用しているが、それを著者は孫引きしているだけなのだ。どういう詩を書いたのか、詩集『百舌』の輪郭はわからない。

家族だから控えたのか。戦後の兄弟離散のようすについても客観的で私情がない。青春期から死にとりまかれ、死とかかわりの多い世代の一人である著者にとって、弟の生死も自分たちの窮乏も特別なものではないのだろう。また詩を書くことは当時の青年には一般的だった。その意味でも文章は控えめになったのだと思われる。あることが世のなか全体にみられるとき、その究明に向かうものの、あくまでみながそうであるのだという範囲のなかでものを感じとり、論じる。語りに言葉のひとつひとつに、そういう影がついているのだ。そこにぼくは他の人とはちがうもの、たしかなものを感じた。

以上二編は著作集の八巻に収められている。同巻には「言葉と生活と国家」「詩について」など短文なのに鮮やかな思考のあとを示すものがあるが、ぼくは「徂徠探訪」という一文に興味をもった。

「小さな川」の流れに沿って、歩いたときのことを書いたものだ。通りかかった小母さんに荻生徂徠の「お母さん」の墓はどこにあるかとたずねる。なぜお母さんの墓か。前後を読んでもぼくにはわからない。曇りを払えない。情景として納得できないが、文章というもののひとつの場面であると考えると納得できるのである。その文章の世界は評論家のものとしてみても、詩人のものとしてみても、それらのものより少しひろいのだ。

「小川はかなりゆたかで、途中で川を渡り、そのまま真直ぐに歩くと途中に赤いえびがにがむれている。そういえばもっと下の方にもそれが泳いでいたのを思い出した。どうもこの土地にはえびがにが豊富に住んでいるらしいと思った。それから少し行くと左手に小さな寺があり、それを見すごして更に行くと、道はまるきりの露地にかわり、どこにその墓地があるのか見当もつかない。しだいに道は左に曲り、そのまま行けばあるグランドのような土地にぶつかり、そこで真直ぐに行くか、それとも左に折れてゆくかに迷った。ただある知慧者がいてそのやや広く平らな右の道を歩き出したので、みんなもそのままあとについて行くことにした。」

平坦な文章だ。なんのために書いたのか。読むたびに文章の前後を見つめるがいまだに不明だ。ていねいというのともちがう。何もないから言葉で埋めたという空気でもない。

知慧者がいたとあるから、同行者がいたのだ。もしそのときの同行者がこれを読んだら、橋川さんは歩いていたとき、こんなふうに風景を感じていたのだと、みすかされるはずで、その意味では不利な文章だといえるだろう。きはずかしい部類にはいる。だがこんな文章を書く人はいないのではないかと思ったとき、ぼくは橋川文三という人が、いまはどこにもいない人だ、誰の文章のなかにもいない人だと感じたのである。

橋川文三の文章は、いつも誰かがそばにいるか、そのことを誰もがよく知っている、という環境のなかで書かれた。いつもそういう影をつけていた、というふうにぼくは思ってみることにした。つまり透明な状況のために現われ、そのなかで力を尽くす、それを基調とした人なのだと。文章が個人的なものになり、そこからくる不透明さをむしろ競うようになった現代には、このような文章は、目標もはたらきも見えない「小さな川」である。文芸という橋にもかかわらず、人は見過ごしてしまうことになる。だが「評論の時代」を形成した人の多くがほんとうに願っていたのは体系でも思想でも革命でもない。詩や批評でもない。こういう文章がひとつの道を歩いていくことではなかったか。

上のほうから来た人

できるだけ多くの書物を読み、そこから選んで何かを書いてきたが、ある年齢を超えると目に入った書物だけを読み、それで感想をもつことがふえた。この形をとった場合、読んだものが面白ければよかったし、面白くなければ、しまったと思う。しまったと感じても他のものへ移るつもりはない。目に入ったもので、まかなうことになる。ただ長い間このような仕事をしているので、だいたい、いいものに当たる。というかそうであると自分で思うしかない。

近松秋江《ちかまつしゅうこう》（一八七六―一九四四）は、名作「別れたる妻に送る手紙」「黒髪」などが文庫に入る、私小説の極北とされる作家だ。ただ近松秋江は、各社の〈日本文学全集〉では、岩野泡鳴と合わせて一巻、あるいは宇野浩二と、あるいは葛西善蔵と一巻といった具合に扱われてきた。でも『日本文学全集14近松秋江集』（集英社・一九六九、豪華版・一九七四）は、近松秋江一人で一巻。多分、相席でないのは、この全集だけと思われる。貴重な書物ということになる。

この集英社の本でぼくは初めて「苦海《くかい》」という作品を読むことになった。「中央公論」一九三三年一二月号に発表したものだ。この「苦海」は、『近松秋江全集』第六巻（八木書店・一九九三）に収まるが、文学全集に収録される例は少ない。五七歳で書いた。

近松秋江は、さきほど挙げた「黒髪」などで、女性への未練をここまで書くかというほどに赤裸々に執念深くつづり、情痴小説の極致を示した。その面白さは格別。そのあたりのことは「忘れられる過去」で既に書いたので（『文学は実学である』他）、ここではふれない。さてそれからの近松秋江は、どうなったか。あれほどさかんだった女性関係を卒業すると、かなりの年になって家庭をもち、すっかり家庭人になった。娘たちをかわいがり、そのようすを小説にした。『恋から愛へ』（春陽堂・一九二五）といった書名にもうかがえる。そのあと社会小説、歴史小説もてがけた。作風を一変させたのだ。でも家庭ものも、社会・歴史ものもさっぱり評判にならなかったので、大正期の花形作家も昭和初年代に入ると影が薄くなる。その時期に書いた作品の一つが「苦海」である。多くの人の目にとまったものとは思えない。

主人公・田原は、近松秋江自身と思われる。田原は、家庭人におさまったものの、執筆の仕事は次第に減り、保険の金も払えない。あちらこちらへ金策に出かける始末。ここで場面は変わり、田原家のなか。

まだ小さい、下のほうの娘が病気になった。大変な高熱だ。どの医師に診てもらうか。妻は、こまりはてる。女中と上の娘に、狩野医師のところに行かせたが、往診中なのか、留守。すると、上の子が「そこの江口さんの栄子さん、もう先《せん》に疫痢になって、交番の前の秋田さんに診てもらって、よくなったんだ。あの秋田さんはどぅ、江口さんでは、いつも秋田さんよ」。そこで妻は、秋田医師に往診（医師が患者の家に出向いて診察）を頼みに行くと、秋田医師は「往って診てあげてもよぅございますが、お宅では、いつも狩野さんでしょぅ」と。手遅れになるといけないので、とお願いすると、「ああ、そぅですか。……しかし、狩野さんに悪くはないですか」と秋田医師。

来診した秋田医師は、疫痢と診断。応急手当をしたあと、「いずれ狩野さんも、そのうち見えるでしょぅから、狩野君によく診ておもらいになって、その上で御相談なすったらいいでしょぅと思います。疫痢ということになると、警察へ届けでなければなりませんから」と言い残す。

そのあと、田原が帰宅。知らせを受けた狩野医師もやってくる。疫痢と診断されたと言うと、狩野医師は、「じゃ、僕が診たってしかたがない。ずっと秋田君に診てもらった方がいいだろぅ」。狩野医師は気を悪くしたらしい。田原の家族は狩野医師に長い間、診てもらってきたのだ。薬代もたまっているし。もちろん二人の医師は、このあと連絡をしあうし、病児に十分に向き合うのだが、当時は、このような医師とのやりとりが市井でよく見られた。病気になると病院へが原則だが、来診も一般的だった。「かくらんに町医ひた待つ草家かな」（杉田久女）の句も思い浮かぶ。また、どの先生に診てもらうかもデリケートな問題なので、頭を悩ます。

「苦海」は、そんな時代を背景にした私小説だ。家族と医師のようすは、終始リアルに描かれている。粘り強い筆法は、近松秋江が女性を描くときのものに近しい。でもこの小説には別の一面もある。

田原の妻は、下の娘のほうをかわいく思っていたらしい。はじめのほうに、こうある。「上の子が、もっと小さい時から、父親の方によけい馴《な》ついて、ややもすれば、母親を批評的に見ようとするのに、小さい方は、そんなことは微塵もなく、母親が、どんな醜い容姿であろうとも、動作が粗野で言葉づかいが、ぞんざいであろうとも、そんなことは超越して母親というものを絶対、無条件に慕うていた」。下の子は、四〇度に近い高熱で、息も絶え絶えなのに、「お母ちゃん、どこへゆくの?」と泣き声で母親を呼ぶ。田原は、そのようすを見て、「生きている物が、最後のきわになっても発動する思慕の精神力の強さ! 人の生命はとうてい物質ばかりのものではない、精霊の力もまた大きい」と思う。そして最後につぶやく。「自分は何のために、何を楽しみに、何を目的に、この老境にまでみっともなく生きているのだ」「自分は上の子だけ一人つれて、あの母親と別になろう。それがまた彼女の本願であるかもしれぬ。そうでもするより、哀傷の気分を転換する良法はないだろう」。

こうして「空想と現実」が入り乱れたまま、小説は閉じられる。近松秋江はわが子の病気をきっかけに、自分という生き物の心臓までも止まるかのような精神の窮状を、目いっぱい表現したのだと思う。また、二人の娘と、伴侶への思いなどを見ていると、「女性」に対する近松年来の思いも影を落とす。

その後の年譜をたどると、「苦海」に描かれる下の子は、さいわい回復したようで、それはよかったと思う。本書『近松秋江集』の平野謙の解説によると、近松秋江は晩年失明し、二人の娘（百合子、道子）に口述筆記をさせた。でもそれらが発表される機会はなかった。「そういう晩年の秋江のいたましいすがた」を、高見順が描いていると記す。以下はその高見順の発言。『座談会　大正文学史』（岩波書店・一九六五）の一節が引用されている。

「しかし秋江さん自身というのはおかしな人だった。普通選挙反対論文を書いたりね、晩年になると『恋から愛へ』で、こんどは子どものほうが可愛いとか、よしゃいいのに歴史小説を書いたり、老醜をさらしちゃったからあれだけれども。私、大森にいたのですが、秋江さんはうちの上のほうにおられた。それでこんな小っちゃな可愛らしいお嬢さんをつれてよく散歩していたんですよ。戦前でしたがね。それが、戦争中のいつでしたか、なんかの会がありましてね、向こうから目が見えない老作家がくるんですよ、こんな大きなお嬢さんに肩を抱えられてくるんですね。あれはだれだいといったら秋江だというんです。僕はやっぱりそのとき秋江という人は光輝いていると思った。近松秋江というのは『恋から愛へ』なんてばかたらしいことを言って、ばかな、ぼけやがってと思ってたけれども」……。近松秋江は、晩年目が見えなくなる。

高見順は、つづける。

「(……)貧乏して娘にすがってね、惨憺たる姿でなんかの会に出てこられる、それをみたとき「文士」というのはああいうもんだという気がしたな。芸術院会員なんかになって、勲章つけて上席かなんかに坐ってセキばらいしているよりも、この姿こそ大正文士としての最後の栄光だという気がしましたね。」

若き高見順が見た、近松秋江最晩年の姿だ。文名がかすみ、心身が衰えても、しかるべき集まりには出席し、ありのままの自分の姿を見せる近松秋江。「最後の栄光」は、実質的には「悲惨」と呼ぶべきものだ。だが高見順はそこに偽りのない、大正文士の姿を見ているのだ。

この高見順のことばを最後に配して、平野謙は、解説を結ぶ。

というわけで、ご心配をおかけしたが、「苦海」に登場する二人の女の子はすこやかに成長し、その一人は、道を歩く老父を支えた。胸にしみる光景である。大正文士の頂点に立った近松秋江の「栄光」は明らかだ。そしてそのあとの、みじめな情景も明らかである。その明らかな二つのものを、近松秋江は抱えた。晩年の悲惨は、秋江自身の責任であることはいうまでもない。自分の道を上手に歩けなかった。もう少しうまく気持ちを切り替えることができたら、世に稀な才能をもつ人だけに、それにふさわしい道筋をたどれたかもしれない。でもそうでなくてもいいのかもしれない。現代日本の大多数の作家には栄光がある。でもそれだけであり、悲惨さを味わうことはない。栄光と悲惨。その二つを経験したとき、文学者は真の文学者になるようにも思う。近松秋江は、光のなかにあっても、陰に置かれても、みずからを包み隠さずに生きた。生き通す姿を、後代に示した。

これから

これからの目標のひとつは夏目漱石を読むこと。これは半年ほど前から、はじめている。「こゝろ」からスタート。「道草」「草枕」「門」「行人」、そこで一休みしたあと「彼岸過迄」「それから」「三四郎」を終え、いまは「吾輩は猫である」「坊っちゃん」にかかるところ。読み終えたら、順序を変えてまた読むつもり。

一作を読むたび、いいなあ、漱石のいちばんの傑作だなと思う。作品ごとにそう思うので、しめしがつかない。「行人」を読み、ある人にきく。「行人」がいちばんいいのでは、という。別の人に「それから」を報告すると、「それから」は五回くらい読みました、という。たしかに「それから」はいい作品だと思う。読んだら感想を自分にきく。それ以上に、人にきく、の毎日である。

黒島伝治のシベリアもの。「橇《そり》」などを学生のとき読んだが、今回あらためて感動。ところがある人は初期の「二銭銅貨」がいい、と。ぼくはシベリアもののほうがいいと思うが、「二銭銅貨」もいいと思うので、混乱した。一旦は、どちらもいいのだ、黒島伝治はぜんぶいいと思うことにしたが、「二銭銅貨」のような素朴なもののなかに、シベリアものの源泉があるのではと思うことになり（！）、新しい景色を見たように、気持ちがよくなってきた。

人のいうことは、とてもいい、と思う。自分が思うことは、いいぐらいで、「とても」はつかない。

もう一つ、五〇代になってから、みられる新現象。たとえば、ある作品について、作家についてて、原稿を書くとする（といってもいつも四〇〇字詰原稿用紙で三枚ほどだ）。書きあげた翌日から、その作家のものがもっともっと読みたくなるという現象である。

あわてて家を飛び出し、本をさがしにいくのだ。犬のように、よろこんで、かけまわる。こんなことは、これまでなかった。原稿を書く前にかけまわれば、原稿に生かされるのに、もっといいものが書けたはずなのに、終わって、「門」がしまったと同時に、目が輝くのである。現に、かけまわって、知ったこと、仕入れたことを、それから、書くことはない。かけまわることは、仕事の面では意味のない挙動なのだ。これはなんだろうと、ずいぶん考えた。まだ考え中なのであるが、おそらくはこういうことだと思う。

ぼくは自分が書いた文章に触発されたのである。

それをきっかけに活発になったのだから。これは自分のしたことから自分が生まれる、自分が育つ、ということなのだと思う。もとよりぼくの文章に、そのような力があるわけではない。

でも自分が自分をめざめさせるということが、まずしいぼくの文章によっても起こりうるのだということがわかった。これから先のことも不幸ではないものに思えてきた。自分というものも、他人ほどではないが、いいものなのである。

おわりに

遠い世界から、一冊の本がやって来た。最初、そんな印象を受けた。河出書房新社編集部の高野麻結子さんが、突然現れたのだ。企画書を手に。文章について書いたエッセイを、一冊にしたいと。未刊エッセイを含めた、とても精細なリストと、各章のタイトルまで、既につくられていた。さらに、本の題は『ぼくの文章読本』になるらしい。この題の意味が、ぼくには十分に理解できないまま、編集作業は進んでいった。

しばらくしてから、ある雑誌の仕事で、自分の著作一覧を確認した。これまでの四〇冊のエッセイ集の書名の後に、『ぼくの文章読本』という文字を入れて見つめてみたら、あら、なぜか似合うのである。意味もなく。それで、やはりこの題名なのだなと思った。

彼方社編の書誌『荒川洋治ブック』（二〇九四）によると、最初の連載エッセイを始めたのは二五歳。一九七五年一月からの「日本読書新聞」の詩時評だ。依頼されたときはとてもうれしかった。そこから一九九三年までの一九年間に、エッセイ（文芸時評、書評、短評、ルポ、随想など）を、二一一四編発表。以降は、手元の記録によると、一九九四年から現在までの三一年間に、二一八〇編余りと、書き下ろし、二冊。合わせると五〇年間に、四三〇〇編以上のエッセイを書いたことになる。質はともかく、数は多い。

最初の頃は、書いたものが、書いたもの。それで終わった。ある年齢を過ぎてから、変わった。特に書評の場合。書きあげたあと、「これではないね」と思うようになった。書いてしまったのに、棄てる。消すのだ。そして「こういうこと、こういう空気のものを書きたいのだ」という最初の地点に返り、ことばもすなおなものにして、ほぼ全体を書きなおす。別のものに移していく。ときには変わり果てた姿になることもある。『ぼくの文章読本』は、そんな文章の集まりになった。読みなおすと、消えたところを思い出す。

文字の表記、西暦・和暦、引用の記号・形式は、発表したときのものに拠ったので、統一していない。著者の生年・没年など重なる箇所もあるが、原則として初出の状態のままにした。

全四章で、構成した。各章の扉のうらに、三〇〇字ほどの短文を添えた。

こうして、文章が一冊になる。

荒川洋治

二〇二四年一一月一〇日

初出一覧

第1章　暮らしのなかで書く

春とカバン　「朝日新聞」名古屋本社版・二〇〇八年四月三日 夕刊——A
まね　「TBS 新・調査情報」二〇〇二年三・四月号——B
畑のことば　「お達者で」二〇〇一年一〇月号——B
おかのうえの波　「思想の科学」一九九二年四月号——C
他の人のことなのに　「モルゲン」二〇〇三年五月号——B
メール　「諸君！」二〇〇一年七月号——B
夢のふくらみ　『行動することが生きることである』（集英社文庫）解説・一九九三年一〇月——C
青年の解説　「モルゲン」二〇〇二年一〇月号——B
自分の頭より大きな文字　「正論」一九九八年四月号——C
これからの栗拾い　「海燕」一九九六年二月号——C
小さい日記　「文芸ポスト」三三号・二〇〇六年四月——D
すこしだけ、まわりとちがう　「福邦メディア」二九号・二〇〇六年一〇月——D
一本のボールペン　「TBS 新・調査情報」一九九八年一・二月号——C
言葉がない　「国語教室」二〇〇〇年二月号——E

第2章　詩のことば

かたわらの歳月　書き下ろし——F
散文　「文學界」二〇〇六年七月号——D
蛙のことば　「モルゲン」二〇〇六年六月号——D
ファミリー　「FHJ」一九八八年一一月号——F
山林と松林　「モルゲン」二〇〇一年二月号——E
目覚めたころ　「産経新聞」二〇〇五年九月二五日 朝刊——D
希望　「諸君！」二〇〇〇年一一月号——E

論文の「香り」　「読売新聞」二〇〇〇年一二月一二日 朝刊——E
詩の山々　「モルゲン」二〇〇四年七月号——G
きょう・あした・きのう　「モルゲン」二〇〇二年一二月号——B
いまも流れる最上川　「ひらく」九号・二〇二三年六月
詩の形成　「毎日新聞」二〇二四年三月三〇日 朝刊
涼やかな情景　「毎日新聞」二〇二三年一〇月二一日 朝刊
キアロスタミと詩と世界　『そしてキアロスタミはつづく』（ユーロスペース）二〇二一年一〇月

第3章　文学をよむ、書く

峰　「産経新聞」一九八八年八月一五日 夕刊——F
かたちが光る　「読売新聞」二〇〇〇年八月二一日 朝刊——E
短編と短篇　「諸君！」二〇〇二年四月号——B
高見順　「朝日新聞」二〇〇七年一月三〇日 夕刊——D
遊ぶ　「諸君！」二〇〇一年八月号——B
おおらかな写実　「朝日新聞」一九九八年七月一二日 朝刊——H
毒と神秘と　「朝日新聞」一九九八年六月二一日 朝刊——H
いつも何かを書いている　「週刊朝日」一九九九年八月二〇日・二七日号——E
風景を越える　「毎日新聞」二〇二四年一月二〇日 朝刊
書きもの　「毎日新聞」二〇一一年四月一七日 朝刊——I
暗くなったら帰るだけ　「週刊読書人」一九九八年一一月二〇日号——H
『島村利正全集』を読む　「図書新聞」二〇〇一年一二月一五日号——B
悲しみ、楽しむ　「毎日新聞」二〇二四年七月六日 朝刊

第4章　書く人が知っていること

しら浪　「諸君！」二〇〇一年二月号——E
子どものときにつくる本　「モルゲン」二〇〇〇年一二月号——E

美しい砂　「諸君！」二〇〇七年六月号——D
夢と光の日々　「毎日新聞」二〇二四年二月一一日 朝刊
形にならない心へと向かう　「毎日新聞」二〇二三年一一月二六日 朝刊
悲しいもの　「朝日新聞」一九九九年二月二一日 朝刊——H
自転車で歩く人　『ちくま日本文学全集・萩原朔太郎』（筑摩書房）解説・一九九一年一〇月——C
太郎と花子　『決定版 三島由紀夫全集・第一〇巻』（新潮社）月報・二〇〇一年九月——B
ホームズの車　『現代詩読本・さよなら鮎川信夫』（思潮社）一九八六年一二月——J
東海林さだお『スイカの丸かじり』　『スイカの丸かじり』（文春文庫）解説・二〇〇一年五月
底流にあるもの　「毎日新聞」二〇二三年七月二日 朝刊
道の影　『橋川文三著作集・第九巻』（筑摩書房）月報・二〇〇一年六月
上のほうから来た人　「ひらく」一〇号・二〇二四年一月
これから　『第二の人生 暮しの設計図』（文藝春秋臨時増刊）二〇〇四年七月——G

＊底本

A＝読むので思う（幻戯書房、二〇〇八年一一月刊）
B＝忘れられる過去（朝日文庫、二〇一一年一二月刊）
C＝夜のある町で（みすず書房、一九九八年七月刊）
D＝黙読の山（みすず書房、二〇〇七年七月刊）
E＝文学が好き（旬報社、二〇〇一年五月刊）
F＝詩論のバリエーション（學藝書林、一九八九年一月刊）
G＝世に出ないことば（みすず書房、二〇〇五年九月刊）
H＝読書の階段（毎日新聞社、一九九九年九月刊）
I＝昭和の読書（幻戯書房、二〇一一年九月刊）
J＝ホームズの車（気争社、一九八七年五月刊）
無印は本書初収録

荒川洋治（あらかわ・ようじ）
現代詩作家。1949年、福井県生まれ。早稲田大学第一文学部卒。詩集に『水駅』（第26回H氏賞）、『渡世』（第28回高見順賞）、『空中の茱萸』（第51回読売文学賞）、『心理』（第13回萩原朔太郎賞）、『北山十八間戸』（第8回鮎川信夫賞）、評論・エッセイ集に『忘れられる過去』（第20回講談社エッセイ賞）、『文芸時評という感想』（第5回小林秀雄賞）、『過去をもつ人』（第70回毎日出版文化賞書評賞）などがある。1974年、詩の出版・紫陽社を創設。2017年より、川端康成文学賞選考委員。2019年、恩賜賞・日本芸術院賞を受賞。日本芸術院会員。2024年、詩集『真珠』で第5回大岡信賞を受賞。

ぼくの文章読本

2024年11月20日　初版印刷
2024年11月30日　初版発行

著　者　荒川洋治

発行者　小野寺優
発行所　株式会社河出書房新社
〒162-8544　東京都新宿区東五軒町2-13
電話　03-3404-1201（営業）／03-3404-8611（編集）
https://www.kawade.co.jp/
組　版　株式会社キャップス
印　刷　株式会社暁印刷
製　本　小泉製本株式会社
Printed in Japan
ISBN978-4-309-03924-4
落丁本・乱丁本はお取り替えいたします。